花から学ぶ生きるヒント

川口正義
Kawaguchi Masayoshi

澪標

好きな花をめぐって——まえがきにかえて

世の中の人びとは、多かれ少なかれ悩みをかかえている。そのうちのひとつに、子どもが勉強しないという悩みがある。ある講演会で、講師をつとめたときに、この悩みの深さに気づかされた。質疑応答の時間に、次のような切実な問いかけがあった。

「うちの子は勉強しません。家で勉強している姿をほとんど見たことがありません。どうしたら、勉強するようになり、成績が上がるでしょうか」

子育てにかける愛情をひしひしと感じる質問だった。この質問がでたとき、参加者全員の顔が上がり、こちらを見つめる視線がするどくなった。この問いにすぐ答えることもできるが、一緒に考えたいと思った。そこで、みなさんとともに考えたいと提案した。予想したより多くの参加者から「賛成」という声があがった。

「参加者の皆さんの好きな花はなんですか」とたずねることから始めた。すると、なぜ、こんな質問をするのかという顔、驚きの顔があった。とまどいを感じさせる質問だったようだ。

でも、ある参加者が、次のように、口火を切ってくれた。「花の名前にはいる前に、お尋ねしたい。一年を通じての好きな花ですか。それとも季節ごとの花ですか」これを受けて、意見が少しずつ出るようになり、季節ごとにえらぶことで、話がまとまった。

春は、圧倒的な人気で、桜になった。夏は、ひまわりだった。秋もすんなり決まるかと思ったら、花の候補がいくつも出てきた。コスモス、菊、フヨウ、キンモクセイ、リンドウなどが候補にあがり、コスモスに決まった。冬は、秋とは逆に、花の候補がなかなか出なかった。冬の花が思い浮かばない人もいた。それでも、梅、椿、水仙のなかから、梅に落ちついた。

「好きな花をたずねたのは、季節の移り変わりを、なにで判断するかを知りたかったからです」このように、狙いを明らかにしたら、ため息をつく人がいた。わけをたずねてみると、「都会では季節の変化が分かりにくくなっている」という答が返ってきた。

つづいて、子どもさんたちは季節の変化について、どう思っているかをたずねてみた。こちらには活発な意見が出た。季節を感じない子どもが増えている、と不安を訴える人の割合がもっとも多かった。高層住宅やエアコンの普及などが理由にあげられた。

これまでの経験から、季節の変化に敏感な子どもは、成績が伸びる。季節の変化に関心のない子どもは、成績が伸びにくい。教え子を見てきて、こういう傾向があると、例をあげながら説明した。その際に、生徒たちの具体的な行動を話していった。もっと正確にいえば、生徒自身の取り組み、保護者の姿勢、地域の人の協力など、印象に残る話を述べていった。

参加者の話し合いがもりあがり、喜んで帰っていただいたように思えた。しかしながら、反省すべき点が、心の中に浮かんできた。花をめぐる記憶はいくつもあるが、記録として残してはこなかった。これまで、高校と特別支援学校に勤め、のちには大学で講義を担当するなかで、多くの体験があった。それを記録に残してこなかったのを、つくづく後悔した。

この後悔から、季節の花を見て、これまでの出来事を思い出すようにつとめた。それを書き記したのが、この本である。成績を伸ばすだけでなく、生きる力を身につける方法も花が語りかけてくれた。これは、思いがけない発見であった。

目次

第二章　夏の旅

六月の花

七月の花

八月の花

第三章　秋の雨

九月の花

十月の花

十一月の花

第四章　冬の虹

装幀　森本良成

第一章　春の風

スミレ

三月の花

年年歳歳　花相似たり

唐の詩人、劉希夷の「白頭を悲しむ翁に代って」に、次のようなことばがある。

年年歳歳　花相似たり　　歳歳年年　人同じからず

（『中国名詩選』中巻　岩波文庫）

花はいつも決まったころに咲くのに、花を見る人の境遇は年々、変わってしまう。花に比べて、人の世は移ろいやすい。この詩では、青春の移ろいやすさが表現されている。

私たちは、花の世界と人の世界とのかかわりで、なにがいえるだろうか。たとえば、

チューリップ

春のチューリップをみて、清楚《せいそ》な花だと想う。そして、小学生の時のあこがれの先生を想い起こす人がいる。夏のひまわりをみて、暑さに負けない生命力におどろく。そこから、子どものころの純真さと将来への夢を想い起こす人もいる。

同じ花をみても、年ごとに想いはちがう。去年、桜をみたときに、人生をふり返ることがあった。今年も桜をみたが、心に感じたことは、去年と同じではなかった。人は年をとる。取り巻く環境や興味の対象が変わることもある。人をめぐる変化が、花への想いを変えることもある。

花を育てる人がいる。花の庭をつくる人もいる。花を育てることは、人の成長をうながすのではないか。花を通じて自然とふれあうことで、生かされている命に想いをはせるのではないか。

ユキヤナギ

今日から三月、弥生。シベリアから寒気団がきているせいで、少し寒い。日が照るなかで、綿雪が舞っている。ふわりふわりと落ちてくる雪を手のひらに乗せようと、子どものように走り回る。手のひらにのった綿雪は、すぐに溶けてしまう。はかないものだ。

綿雪が降るなかを低空飛行で、ルリビタキがやってくる。すずめよりすこし大きい。頭と背中と尾は瑠璃色《るりいろ》。お腹は白。脇の方はオレンジ色で、このあざやかな色が、いつまでも消えない印象を残す。

ルリビタキが飛んで行った方向から、一匹の猫がでてきた。体全体はほとんどが白で、少し茶色のブチがある。この猫と、わずかの間にらみあいになる。おとなしそうにみえた猫だが、とんでもないことをやってくれた。道路に沿って、およそ五メート

ユキヤナギ

ルの高さの石垣がある。この石垣をするすると登り、ユキヤナギの中へ消えていった。手足に爪があるとはいえ、どうして石垣を登れるのだろうか。石に爪がかかるはずはないのに。

ユキヤナギの所から出てくるのではと思い、しばらくながめていたが、猫が姿をあらわすことはなかった。純白の花が、そこにあるばかり。一センチほどの花が、まとまって咲いている。花がまとまっているので、本物の雪のように見える。

棒状の雪の固まりが、何本もあるかのようだ。東山魁夷の絵「白い朝」に似ている。石垣の下まで、小さな花びらが落ちている。この花びらは、雪の粒のようでもある。でも、綿雪は地面に触れると溶けてしまうのに、ユキヤナギの花びらは、いつまでも溶けないで残っている。綿雪のはかなさと、ユキヤナギの存在感のたしかさ。人にとって、たしかなものとは、なんだろうか。

ゲンペイモモ

三月三日は桃の節句。いつもの所へ、桃の花を見に行く。ここの桃の花は、少し変わっている。幹から、たくさんの枝がでている。ほとんどの枝は白い花だが、いくつかの枝には赤い花が咲いている。ゲンペイモモというそうだが、いつみてもふしぎな光景だ。

花の全体をぼんやりと見る。つぼみは桃色だが、花が開くと白に変わる。五枚の花びらがしっとりとして、落ちついた雰囲気をかもしだしている。

花の周りを蜜蜂が飛んでいる。音は聞こえないが、羽根を上下させているのが見える。ちょっと目をはなしたら、その蜜蜂がどこかへいなくなってしまった。ゆったりとした時が流れる。現代のあわただしい流れに棹さすような桃の花である。急ぐ必要はないといわんばかりに咲いている。

ゲンペイモモ

一本の枝に焦点を合わせる。数えてみると、五つの花がある。そのうちの一つは、まだつぼみのまま。開いたばかりの花、五分咲きや七分咲きの花、満開の花。まるで、花の成長過程をみているようだ。青空を背景に、桃の花が浮き上がって見える。花に合わせて、自分の体もふわふわと浮いている感じがする。

でも、ここで桃の花を見るのも、今年かぎりだ。この敷地に高齢者向けの介護付施設が建つ予定になっている。そう思うと、なおさら名残が惜しくなる。

毎年、ここにくると、桃の花を見ることができる安心感があった。それが叶わなくなるのは、なんとなくもの悲しいものだ。さびしいものだ。

これまで、すばらしい花をみせてくれて、ありがとう。春を感じさせてくれて、ありがとう。桃の花に心からお礼を言いたい。

シンビジウム「福の神」

かすみが立つなか、シンビジウムの「福の神」が咲いた。鉢植えの苗を直植えにして、大事に育ててきた。肥料や水をやり、温度の管理にも気をつかった。日光不足になると花が咲かないので、そうならないようにも注意した。

今朝、ついに花が開いた。薄いピンクの花びらの中で、大きな口を開けて笑っているように見える。この部分は濃いピンクと白で、黄色いずい柱がアクセントになっている。この先端に花粉粒のかたまりである葯帽《やくぼう》がある。十数万もある花粉の数の多さに驚いてしまう。

少し離れて、シンビジウムの全体を見つめる。大きな口を開けて笑っている子どもが、なんにんもいる。この姿を見るだけで、こちらの顔がゆるんでくる。この花に「福の神」という名前をつけたのは、すばらしい。花から受ける印象をうまく表現している。

シンビジウム

この花は、よく贈り物にされる。レストランや喫茶店では、お客さまから喜んでもらえる花として有名である。入院患者の回復を祈って、贈られることも多い。

機会は少ないが、合格祈願として贈られることもある。試験に合格して、笑ってもらう先触れとしての役割である。笑っている花を見て、自分もそうなるぞと誓い、奮い立つ。

「福の神」といえば、アリストパネスのギリシア喜劇も忘れることができない。善人が富み栄えることをねたんだゼウスが、福の神を盲目にした。そのため、世の中の富は、悪人のところに集ってしまう。人生の失敗者クレミュロスと彼の召使いの奴隷が、福の神をつかまえ、医神アスクレピオスの神殿で、目の治療を受けさせる。福の神の目が開き、その結果、世の中がいかに変わったかが、おもしろおかしく描かれている。

お迎え桜

愛媛大学へ講義に向かう。出発地の大阪では薄氷が張り、雪雲におおわれていた。そこで、コートを着こみ、寒くないようにして出かけた。ところが、愛媛空港に着いたら、暖かい。コートを着ている人など一人もいない。厚着をしている自分のスタイルが、恥ずかしくなった。

午後の講義まで時間があるので、前から行きたかった松山城二之丸史跡庭園に向かう。タクシーを降りて、庭園入口まで歩く。交差点を渡っているときに、なんと半袖のTシャツで歩いている人とすれ違った。これには唖然としてしまう。

大阪では雪が降りそうな天気だった。それなのに、松山では太陽がさんさんと輝いている。あまりにも暑くて、コートを脱いでしまった。厚着をしている人は、誰もいない。きまりが悪くて、うつむきながら歩く。

サトザクラ

庭園の景色で心が満たされたあと、伊予鉄の駅に向かう。県庁前から電車に乗り、赤十字病院前で降りる。降りた目の前に、松山赤十字病院がある。ここの桜は染井吉野よりもふくらみのある花が満開で、じゅうたんのように見える。回廊のようになっていて、角を曲がるたびに桜があらわれる。出迎えを受けているようで、「お迎え桜」と呼びたい。

この桜もそうだが、飛行機でおよそ一時間、飛んだだけなのに、こんなにも気温の差があるとは。理屈では分かっていても、なかなか納得できない。この陽気と満開の桜から、愛媛の心やさしい先輩、眞鍋一美先生のことを思いだした。お遍路さんをもてなす「お接待」の伝統を守りつづけた先輩の思い出と、しっとりとした桜にむかえられて、愛媛のよさにあらためて気づかされた。

タチツボスミレ

山笑う春になり、木々が芽吹きだした。山道を歩いていると、今年もタチツボスミレに出会えた。早春にめぐりあう約束の花である。雪国の春を呼ぶのは雪割草であり、関西ではタチツボスミレである。ある小学校の先生から、こう教えていただいた。青竹色の葉から、すっと伸びている茎。その先端に乗っているような花びら。まとまって咲いている藤色のタチツボスミレ。

この花を見るだけで、なぜか心がおだやかになる。そして、「つつましい幸せ」を感じる。「華やかな幸せ」ではなく、「つつましい幸せ」なのがいい。

世の中には「私が、私が」と強く自己主張をする人がいる。他人に迷惑をかけないなら、それでもいい。でも、強く自己主張をしない生き方もあるのではないか。タチツボスミレのように、控え目な人がいる。控え目でありながら、凛《りん》としたたた

タチツボスミレ

ずまいの人がいる。引くことの大切さを分かっている人でもある。

競争のはげしい現代社会において、イノシシのように攻めるだけではうまくいかない。引くべきときには引くことで、めざすことを成しとげていく。トラブルを克服できると信じる人の方が、柔軟性を発揮してトラブルを乗り越えていくだろう。もっともむずかしい引いて勝つことのできる人もいるだろう。

春先に出会うタチツボスミレを見て、自分の心構えを改めて確める。あせらない。あわてない。おこらない。進むときには進む。引くときには引く。

この可憐な花を見ると、いつも思う。自分の志を忘れないで、といわれている気がする。今年も、あなたに出会えてよかった、タチツボスミレの花。

ハゴロモジャスミン

空を見上げると、桃色の雲がかかっていて、暖かくなりはじめた春の気配がうかがえる。この桃色の雲の下に、桜のように見えるが、桜ではない木があった。白い花びらは五枚で、花芯はうすい黄色である。パッと見たら桜のようにも見えるが、よく見たら違う。これが、ハゴロモジャスミンとの出会いだった。

この花から、次のような物語が浮かんできて、ひとつの教訓を得た。ハゴロモジャスミンに対して、桜がいう。

「あなたも桜でしょう。私たちの仲間に入りなさい」

ハゴロモジャスミンが答える。

「いいえ、私は桜ではないので、仲間に入ることはできません」

ハゴロモジャスミン

「どうして。私たちと、よく似ているわよ」

「よくみてください。花びらの数から違うでしょう」

「あら。ほんとうだわ。花びらの数が違う」

「でも、私たちの仲間に入った方が、得るものは多いわよ」

「利益が多いかどうかで、自分のアイデンティティを失うわけにはいきません」

「まあ。面倒くさい理屈だわね」

「これが私の生き方ですから」


こんな問答が聞こえた気がした。私たちは、周りの人に対して、特定のグループに入るよう無理強いすることがないだろうか。そうであるなら、暮らしにくい社会をつくっているのかもしれない。ハゴロモジャスミンの立場を大事にしたい。

カンザキアヤメ

散歩道の途中に、こじんまりした家庭菜園がある。菜園の後ろに、承和色《そがいろ》のラッパスイセンが、横一列にならんで咲いている。そのラッパスイセンの間に、アヤメのような花がある。

今は三月中旬である。アヤメなら、五月ごろに咲くはずだ。でも、何度、見ても、アヤメに似ている。透明感のある浅紫の花は、アヤメのはずだけれども。

悩んでいるときに、その家の奥さまが玄関から出てこられた。これ幸いとたずねてみた。

「あのすてきな花は、アヤメに似ていますが、アヤメではないですよね」

「ええ。ときどきたずねられます」

カンザキアヤメ

「そうですか」

「これはカンザキアヤメなのです」

「ええっ。寒咲きのアヤメがあるのですか」

「あるのですよ」

「アヤメは普通、五月から六月にかけて、咲きますよね」

「そのとおりです。でも、カンザキアヤメは三月に咲きます」

「驚きました。教えていただき、ありがとうございます」

「どうぞ、ゆっくりごらんください」


さわやかな風がそよそよと吹き、カンザキアヤメがゆらりゆらりと揺れる。このとき思った、この風は母の声に似ている、と。なぜならば、昨日までは寒かったのに、今日は思いのほか暖かい。それに母は、子どもたちを叱ることなく、常に励ましつづける人であったから。

シモクレン

三月二十日。春分の日。近所の家の庭に、シモクレンが咲いている。よく見ると、花の色が濃い紅色なのは花弁の外側だけで、内側は白である。この大きな花が蓮に似ている木だから、モクレンという名前になったとか。

モクレンには、二つの種類がある。ひとつは、濃い紅色の花を咲かせるシモクレン。もうひとつは、白い花を咲かせるハクモクレン。家の近くでは、どちらかといえば、ハクモクレンの方が多い。

昨年のことである。突然、シモクレンの花びらが、まとまって落ちてきた。大きな花びらが、固い地面にあたって、「バラバラ」という音がした。かなりの音である。思わず「えーっ」と声を上げてしまった。

もうこれで、花の時期は終りだよというサインなのだろうか。それとも、なんらか

シモクレン

の予兆を示しているのだろうか。残された花をみつめても、なにも応えてはくれない。

モクレンの花ことばは「信頼」「自然への愛」など、いくつもある。この花は中国からイギリスに輸出されて、そこから広がったといわれる。英語の教員から「信頼」という花ことばを教えてもらったのも、なつかしい思い出である。

もうひとつの花ことばである「自然への愛」は、分かりやすい。三月からモクレンの花が咲く。この花が咲くと、春がきたと感じる。背の高い木になり、たくさんの花を咲かせる。この花が枝にとまっている小鳥のように見える。この花の姿からも「自然への愛」を感じることは、たやすい。

どの角度からみても、モクレンの花は、均整がとれていない。この花をながめていると、不均整な禅の庭が思い浮かび、力を授かる気になる。いつもこう思うのだが、はっきりした答がまだみつからない。

スズラン

いつもだと、コブシが咲いた後に、桜が咲く。ふたつの花のつぼみを見ると、今年は開花時期が逆になりそうだ。桜はまもなく咲きそうなのに、コブシのつぼみはまだ固い。なにかが変だ。

今にも咲きそうな桜の下ばえに、目をむけてみた。そこには、多くの花とつぼみがある。スイセン、キズイセン、カスミソウ、スズラン、ムスカリ、エニシダ、パンジー、チューリップ、サイネリア、スイートピー、プリムラ・オブコニカ、それにフクリンヅルキキョウまである。ちょっと見ただけで、これだけの花がある。植木の専門家は、桜だけを考えているわけではない。桜の下の花もふくめて、全体を見すえている。

桜の花の時期は短い。長くても数日である。桜が散った後で、道路脇の花をどう見せるか。先ほど名前を上げた花が、少しずつ時期をずらして咲いていく。そんなわけで、

スズラン

とりわけ春に、親子で花の調査に出かけると、得るものが多い。たとえば、これはスズランという花だと、名前を覚えるだけでもいい。花の色と香りを楽しむのもいい。

子どものときに自然にふれ、感性を豊かにしていると、直感的な判断力が高まる。たとえば、美しいとは、どういうことか。この判断を下す際の印象をとらえる能力が高まる。感性とは、言葉で説明するのではなく、意識的でもなく、直感でとらえるものである。この感覚がすぐれていれば、大人になっても、物事を心に深く感じとることができる。

なかには、外に出るのを面倒くさがる子どもがいる。こうなるのは、どちらかといえば、高層階に住んでいる子どもが多い。彼らは、外の世界のイメージが乏しく、世界が広がらないことから、成績が伸びにくい傾向がある。

タンポポ

日本料理の親方が、桜の木の下で、山菜取りをしている。葉の形や色から、タンポポのようだ。タンポポは一度、食べたことがある。そのとき、板前さんからきいたことを思いだした。タンポポの土が落ちるまで、なんども水洗いをする。洗った若芽を茹でて、十分に水で晒《さら》す。それを、おひたしや和え物などにする。


「タンポポは苦いと聞いていますが、大丈夫でしょうか」親方にたずねる。

「料理の仕方にもよるでしょうが、それほど苦くはありません」親方はいう。

「タンポポは、日本料理に欠かせないものですか」

「ある意味で、そうともいえます」

「どういうことですか」

タンポポ

「日本料理の秘訣は、春だったら、なんとはなしに春らしい料理を出すことです」

「なるほど。あからさまに、季節が分かる料理では、ダメなのですね」

「ダメとはいわないけれども、なんとはなしに季節を感じさせる料理をめざします」

「お客さまに料理で季節を感じていただくのですね」

「そのとおりです」

「いわれてみれば、タンポポはこの条件にぴったりですね」

「そうでしょう。日本料理をいただくときは、季節の恵みを味わってほしいのです」

「いいことを教えていただきました」

「日本料理は目で楽しむ。味を楽しむ。そして、香りを楽しむところがあります」

「うーん。日本料理は、奥が深いですね」

フクリンヅルキキョウ

フクリンヅルキキョウ

弥生も今日で終わり。かなり暖かくなった。庭の縁に、フクリンヅルキキョウが咲いている。この花は青紫あるいは桔梗色《ききょういろ》で、ツルニチニチソウともよばれる。五弁の花のようにみえるが、実は五深裂、すなわち中央近くまで深く分裂している花である。桔梗やトルコ桔梗とはちがって、すっきりしている。

この花を見て高貴な印象を受けるといった人がいた。これは、ある意味で正しい。ササン朝ペルシア王家の玉座に描かれた花であるから。ペルシアは大きな帝国だった。ギリシアやインドの文化も取り入れて、国際色豊かな文化をつくりだした国である。この国の美術工芸品は、オアシスの道を通じて、中国、朝鮮、日本にまで伝えられた。

このような歴史を持つ王家の花が、どのように扱われたかは想像がつくだろう。この花は、奈良の東大寺にある大仏の右手側にも描かれている。関西では、こういういきさつを知っていて、フクリンヅルキキョウを植えて、愛している。

この花は、金運が上がる花としても有名である。蔓《つる》を伸ばして、そこで根付き、また蔓をのばして広がっていく。この群生が好まれる。組織のなかで、人が増えていく。人が増えていくことは、組織が発展することを意味している。そうすると、金運が上がることにもつながる。

デイリーカナート・イズミヤ池田旭丘店の庭にも、この花が植えられている。この花の歴史を知っているのだろうか。おそらく、知った上で植えてあるのだろう。スーパーマーケットを訪れた客が、一緒に買い物にきた人に、この花のいきさつを話している。話を聞いた人は、にこにこしている。おそらく、いい話を聞いて、喜んだのだろう。

四月の花

コブシ

今日から四月。公園のコブシの花がほころび始めた。この花を一月の終わりから見つづけているが、例年より開花時期がおそい。二月から三月にかけて、平均気温より十度以上、低い日があったせいだろうか。

この花のつぼみが開く直前の形が、子どものにぎりこぶしに似ているところから、コブシの名前がついたといわれる。たしかに似ている。観察を続けていると、花びらが少しずつ少しずつ開いていく。白い花で、花びらの幅は狭い。やがて、全開するが、ハクモクレンよりも小さい。

子どものころ、コブシとハクモクレンは同じ花だと思っていた。そのうちに、ちがう花だと気づいた。ちがいに気づくことが、成長につながる。

コブシ

きびしい冬を耐えて、花咲く春がやってくる。コブシの花から、このようなロマンを信じるようになった。うぐいすがいつのまにかやってきて「ホーケキョ」と鳴く。「ホーホケキョ」でないのが、かわいらしい。この鳴き声につられて、もう一羽が飛んできたが、いきなり仲よくなるのではない。近くの枝まできたものの、近づいていく気配がない。

二羽のうぐいすを、コブシの木の下からながめている。うぐいすの方からは死角になっていて、枝に止まっている様子がよく分かる。早く近づけばいいのにと思うけれども、近づいていかない。なにを考えているのだろうか。相性をはかっているのだろうか。

しばらくして、おじいさんがやってきた。二人で一緒に、じっと見つめる。さらに、もう一人、おばあさんもやってきた。この人も、うぐいすを見つめる。だれも口を開かない。うぐいす二羽と人が三人、春の陽射しがあたたかい朝の光景である。

ミヤコワスレ

おだやかな陽射しが傾いたなか、ミヤコワスレの花が咲いている。花びらは薄紫で、めしべは黄くちなし色をしている。花びらもめしべも淡い色なので、はかなげな印象をあたえる。

このミヤコワスレとかかわりがあるのが、順徳院である。父である後鳥羽上皇の鎌倉幕府討幕計画に加わるが、失敗に終わる。この承久の乱の後、佐渡へ配流となる。在島二十一年の後、島で崩御した。

順徳院が島流しにあったときに、ミヤコワスレの花を見たら、都を忘れられるといった話が残っている。このエピソードもあって、歌の題材に取り上げられることがある。その際に、都を好きな人に置きかえる。都忘れの花を見て、好きな人のことを忘れられるという話になる。出会いと別れは常にある。そういうなかで、別れがいい思

ミヤコワスレ

い出になるようにと、ある国語の教員が語っていた。

藤原定家は鎌倉幕府への配慮から、『新勅撰和歌集』に順徳院の御製を採らなかった。しかしながら、『小倉百人一首』には、次の歌を採録した。権力者の意向に逆らうことはできないが、いい歌はいい。

ももしきや古き軒端のしのぶにもなほ余りある昔なりけり

同じようなエピソードがある。後白河法皇から『千載和歌集』の撰者を命ぜられた藤原俊成は、「朝敵」になった平忠度《たいらのただのり》の歌を歌集に入れたいのだが、状況が許さない。そこで、「読人しらず」とした。この話は後で、もう一度、取りあげたい。

桜並木

八阪神社で最初の桜が咲いたのは四月三日だった。三月末に、雹が降ったこともあり、桜の開花時期が例年より遅い。別の桜を見るために、八阪神社から松が丘公園へと足をのばす。こちらは、ちょうど満開だったので、とてもうれしい。花の間をメジロが飛び回っている。メジロは先月半ばにもみたが、ふたたび出会えて、思わずほほえみが浮かぶ。

このメジロで思い出したことがある。規制のない時代に飼っていたメジロが、鳥籠から逃げたことがあった。その場には、弟や妹がいて、母がいた。皆で嘆いたものだった。

連れ合いが花の写真を撮っている間、桜並木の間をゆっくり歩く。突然、桜の木が「私に触れて」と声をかけているように感じる。桜の幹に素直に手を触れる。そうしたら、

サトザクラ

心のなかで変化が起きる。思いだしたくない記憶が、桜の木に次々と吸い取られていく。これでもかこれでもかと吸い取られていく。

こんな感覚は初めてである。それにしても、思いだしたくない記憶は、こんなにもたくさんあるのか。もしかしたら、私が生まれてからの記憶だけでなく、その前からの記憶まであるのではないか。短い時間では、とても終わりそうにない。

ワシントンD．C．で短期間ホームステイをしたことがある。受入先の美術の先生と早朝に散歩をするのが日課だった。議事堂近くの大きな木に手を触れて、先生はいつも祈っていた。この姿を無意識のうちにまねていたのだった。

今になって思うのだが、先生はスピリッチュアルな気づきを得ていたのだろうか。忘れたい記憶を消し去り、新しい流れに身をまかせていたのだろうか。桜の幹に手をおいたことから、このようなことを思った。

花ふぶき

昨日、桜の幹に手を触れたことで、不思議な経験をした。潜在意識のなかにある消してしまいたい記憶を、桜の木が吸いとっていく。忘れたい記憶が音を立てて、大量に吸い取られていく。そんな気がした。

今日も、昨日とは違う桜の幹に手を触れてみた。そうしたら、いやな記憶が消えていく感覚は変わらない。たまたま、一陣の風が吹いて、花びらが数かぎりなく舞い降りた。それを見て思った。忘れたい記憶が、桜の幹に吸い取られる。その記憶が一枚、一枚の花びらとなって舞落ちる。

ことばを換えていえば、花びら一枚が忘れたい記憶一個に当てはまるのではないか。花びらが降りしきるので、たくさんの記憶をクリーニングすることができた。花ふぶきを自分の目で見ることで、心と体がなお一層、軽くなる気がした。

桜の花びら

これまで、桜はきれいと思うだけだった。昨日と今日の体験で、桜がまったく別のものに見えてきた。木に触れることで、忘れたい記憶が消えていく。心の悩みが消えるだけでなく、体も健康になる。なんだかすがすがしい気持ちになる。

この経験を、広い意味での植物セラピーにくわえることはできないか。植物セラピーは、植物を用いて、人がもともともっている自然治癒力に働きかける。そうすることで、心と体の健康を保ちながら、日常生活を過ごす。花ふぶきは、植物の有効成分を用いる方法ではないけれども、広い意味での植物セラピーにふくめることができるのではないか。

舞いおりる桜の花びらを見ることで、心が浄化されていく。体も健康になる。よくない状態からよい状態へと、運勢まで切り替わる気がする。

チューリップ

近くの小学校で、チューリップが咲いている。エメラルドグリーンの葉と赤、白、黄色の花のコントラストがうるわしい。うっとりする。入学式のころに咲くので、子どもたちにとって、桜とともに印象に残る花である。

ドイツの友人から聞いたことがある。ヨーロッパでは、チューリップが花の女王と呼ばれる。オランダでは、かつてチューリップに大変な高値がついた歴史がある。一六三七年にチューリップ十二個の球根に六六五〇ギルダーの値がついた。当時は家族全員を一年間、養うのに三百ギルダーで足りたそうだ。いかに高かったかが分かるだろう。

このオランダでのチューリップの熱狂ぶりを知るには、マイク・ダッシュ『チューリップ・バブル』(文春文庫)が参考になる。チューリップに対する投機ブームが起き、

チューリップ

小さな球根一つが豪邸よりも高い値段で取引された。

お金がお金を生む熱狂のなかで、正常な判断ができなくなってしまう。泡という意味のバブルがはじけて、多くの破産者を生んだ。球根を植えるのに興味のない人びとが市場に参加し、球根を売り買いするだけで利益を上げる先物取引が始まったことなども、この本から学んだ。

目の前にある花にもどろう。チューリップは、絵に描きやすい花である。まず、色の数が少なくていい。緑の葉。赤、白、黄色の花。そして、形が複雑ではない。葉の形も、花の形も曲線だけでいい。一つ目のチューリップを描き、二つ目のチューリップを描く。よく似た形をくり返していくので、上達していくのが分かる。自分の描いた絵が、きれいだと思える。絵を描くのが嫌いな子におすすめの花だと、美術の教員が言っていた。

幸運の種

四月半ばのおだやかな春の日。桜色にそまった並木を歩く年老いた夫婦。渋いグレイのカーディガンを着て、ゆったりと歩く男性。日傘をさして、あちらこちらをながめている連れ合い。そこへ、いたずらな風が吹いてくる。花びらが舞い上がって、吹雪のようになる。ちょっとみたら、雪道を歩く道行きのようだ。


「ああ。きれいだなあ」

「そうね。とても、きれい」

そのとき、花びらが一枚、男性の口に入る。

「あーっ。花びらが口に入った」

「まあ。なんということ」

ヤマザクラ

「こんなことが起こるなんて」

「珍しいわね」

「これはいいことだろうか。それとも、そうではないのだろうか」

「もちろん。いいことでしょう」

「どうして」

「こんなことは、めったに起こることではありませんから」

「そうだね」

「ねぇ、こんなふうに思いましょうよ」

「どういうふうに」

「仕事に打ちこんでいるあなたに、幸運の種が飛びこんできた、と」

ハナミズキ

桜と入れかわるように、ハナミズキが咲いている。白と薄紅色《うすべにいろ》のハナミズキが並んで咲いているのは、とてもいいながめである。花ことばには、二つの意味がある。ひとつは「華やかな恋」、もうひとつは「私の思いを受けてください」である。

教え子の一人が、この花を使って、プロポーズをしたことがある。

「これが僕の気持ちです」こういって、ハナミズキを差し出した。

「……」彼女は、訳がわからず、花束を受けとった。

「長い間、待たせて悪かった」

「……」彼女は、花ことばの意味を知らないため、もじもじしていた。

「ああ。そうか。ごめん。ごめん」彼女に、意味が伝わっていないことに気づいた。

ハナミズキ

「なにを謝っているの」

「これはハナミズキの花です」

「ええ。花の名前は知っています」

「この花は、私の思いを受けてくださいという意味がある」男性はあわてて、花ことばの説明をした。

「やっと分かったわ」彼女は、最高の笑顔を見せてくれた。

「僕のプロポーズを受けてくれる」

「いいわ。結婚しましょう」

「ありがとう」結婚の許しをもらえて、彼は、とてもうれしかったそうだ。

結婚後、何年たっても、話題になる。周りの人は、この話で、いつも笑ってくれる。

ボタン（牡丹）

四月下旬になり、家にある牡丹が、次から次へと咲いていく。はじめに花開いたのは、蘇芳色《すおういろ》の大輪の牡丹。華やかな感じは控えめであるが、落ちついた知的な人を連想させる。

次に花開いたのは、玄関前にふさわしい華やかな牡丹「新島の輝」。花びらの一番外側は撫子色《なでしこいろ》、その内側は桃染色《ももぞめいろ》、中は今様色《いまよういろ》で、グラデーションになっている。真ん中のがくは芥子色《からしいろ》で、花全体をきりりと引きしめている。

最後に咲いたのは、パッと見たら、ピンクのかたまりに見える牡丹「紅輝獅子」。よくみると、外側は桜色で、中は撫子色である。がくは朽葉色《くちばいろ》で、しっとりとして、見る人の心を落ちつかせる。

牡丹の花ことばは、「風格」や「富貴」である。「風格」は、花を見たとおりである。

ボタン

絹を思わせるような、薄くて大きな花びらが重なっている。「富貴」は、花の豪華さと気品ある姿にちなむ。牡丹は、最高の花として「花神」とよばれることもある。

牡丹から思いついたことがある。大阪の古い料亭で、富岡鉄斎《とみおかてっさい》が描いた牡丹の絵を見たことがある。絵に「富而不驕」と書かれている。「富《とみ》て驕《おご》らず」とよみ、財産ができても、驕り高ぶらないとの戒めが、表現されている。

富岡鉄斎の画の描き方は、ほとんど独学である。彼の作品をみて驚かされるのは、色彩感覚のすばらしさ、それに水墨画風の迫力にある。「万巻の書を読み、万里の道を行く」を道しるべにして、晩年に多くの傑作を残している。鉄斎の作品をみるだけで、じんわりと力が湧《わ》いてくる。近いうちに、清荒神にある鉄斎美術館に行き、エネルギーをもらってこよう。

肥後つばき「幸楽」

悩み事を忘れるために散歩に出た。歩いている途中で、少し変わったつばきを見つけた。もしかしたら、肥後つばきだろうか。若いころに見ただけだから、たしかなことは分からない。

幹が太いから、かなり古い木だろう。幹から細い枝がでて、花が咲いている。赤い花の地に縦に、白い模様が入っている。太さは一定ではない。太いところと狭いところがある。この不揃いのラインが、ひとつのアクセントになっている。

それに、びっしりとした黄色の雄しべの花粉が、花びらから飛び出ている。ピンクと白の中から突き出た黄色なので、緑の葉とのコントラストが、目にあざやかだ。

花の名前は「幸楽」ではなかったか。肥後つばきの展覧会に出かけたときに、友だちと、こんな話をしたから、おぼえている。

肥後つばき「幸楽」

「この肥後つばきの名前がいい」

「どれ、どれ」

「これだよ。これ」

「ああ。幸楽とある。これはいいねえ」

「そうだろう」

「幸せで、楽な人生なんて、最高だよ」

「でも、僕たちの人生が、そうなるだろうか」

「せちがらい世の中だけど、そうなると願おうよ」

「そうだね。願うことにお金はいらない」

「たしかにね」

ヤエヤマブキ

ゆらりゆらりと飛ぶ黒アゲハに導かれて、住宅地を歩く。ヤエヤマブキの花が、あちらこちらの家で咲いている。この花を見て、二つの歌が思い浮かんだ。

一つ目は、太田道灌《おおたどうかん》の話である。道灌が鷹狩に出て、雨にあった。ある家で、蓑を借りようとしたとき、若い女性から、山吹の花を差し出された。花を求めるのではないと、道灌は怒って帰った。差し出された花が『後拾遺和歌集』にある古歌の意だ、と後で知る。

七重八重花は咲けども山吹のみのひとつだになきぞ悲しき

「みのひとつだになき」から、自分の無学を恥じたという逸話が、『常山紀談』上巻（岩

ヤエヤマブキ

波文庫）にある。高校の古文の授業で教えてもらったときのことを、今でも覚えている。貸しあたえる蓑もないような家の女性が、『後拾遺和歌集』にある古歌をつかって応えた。この教養の高さに感心する。しかも、太田道灌が自分を恥じて、修行にはげむ。この素直さにも心を打たれる。

もうひとつの山吹の歌は『万葉集』（巻十の一八六〇番）にある。

花咲きて　実は成らねども　長き日《け》に　思ほゆるかも　山吹の花

花だけ咲いて　実はならないのに、長い間　待たれることよ　山吹の花は。こういう意味である。ここでは、実らない恋のたとえとして、山吹の花が歌われている。

カロライナ・ジャスミン

四月二十九日。昭和の日。宝塚市花屋敷から池田市の五月山をながめると、山道に沿って霧が登っていく。まるで龍が体をふるわせながら登っているかのようだ。となると、あのあたりが龍門になるだろうか。昇り龍とは、本当にいいものを見せてもらった。

反対側に目を転じると、山のてっぺんにある桜が満開である。一重の山桜も趣がある。この山頂へといたる道が、黄色のじゅうたんに見える。タンポポが道全体に咲いていて、花びら、おしべ、めしべがすべて黄色だから。

少し登ったら、こんどはフクリンヅルキキョウが出迎えてくれる。こちらは薄紫のじゅうたんである。金運が上がる花としても有名である。

そこへ、熊ん蜂が飛んでくる。刺激しないように、ゆっくりと遠ざかる。久しぶり

カロライナ・ジャスミン

に見るけれども、大きな蜂だ。

山道を下り、住宅地に入ったところで、ほのかな香りがただよってくる。ジャスミンの香りに似ている。周りをぐるっと見わたすが、ジャスミンの木は見当たらない。おかしいなと思いながら、さらに探しつづける。香りのもとを見つけた。プランターで咲いているつる性の花。黄色でトランペット状の花。近づいてみると、たしかにジャスミンの香りがする。

花の図鑑で調べてみると、カロライナ・ジャスミンという。原産地がノース・カロライナ州であることから、この名がついたとある。名前のとおりに、ジャスミンの香りがする。

山を登る龍をみる。花の色と香りを楽しむ。虫の飛ぶ音を聴く。このように、春の野山には、感性を磨くチャンスが、たくさんある。

ラッパスイセン

今日で四月も終わり。うぐいすが山からおりてきて、家にある白樫の木にとまる。体をふるわせて鳴く。家の近くで鳴くうぐいすは、暖かくなったサインである。

近所にある洋館には、すてきな花壇がある。手入れが行き届いていて、ラッパスイセンが見事に咲き誇っている。およそ七十センチの高さがある。実に大きな水仙だ。花は黄色で、内側の花の一部がラッパのように突き出ている。

この花はドイツでも見たことがある。花の名前は、もともと「早く来る者」という意味だそうだ。ラッパスイセンが早春に咲くことから、こういう名前がついたとのこと。

ご近所の人が集まってきて、一緒に見とれている。「早く来る者」というドイツの話をしたら、日本では、どの花がそれにあたるかで話がもりあがった。北海道出身の人にいわせると「雪割草」。東北出身の人は「こぶし」。信州出身の人は「水仙」と、

ラッパスイセン

それぞれが言いたてる。

ここまでは、大きな異論がなかった。それぞれの地域ごとに、春を告げる花はあるよね、と納得したからである。でも、西日本出身の人たちの話し合いになると、意見がまとまらなかった。梅、寒椿、クンシランと、意見が分かれてしまった。

都会で季節の変化をつかむのはむずかしい。花屋さんの花が本当に季節の花だろうか。少し先回りして売っているのではないか。マンションなどで、プランターを使って花を育てている人ぐらいしか気づかないのではないか。公園に行かなければ、今、咲いている花が分からない。出身地の風景を知っている人は、うらやましい。こんな意見が出て、ため息がもれた。

五月の花

クレマチス

五月三日。憲法記念日。祝日でもあるし、もっと寝ようかと思った。いや、ぐずぐずしないで、いつもどおりに起きよう。こう決心したら、いいことがあった。玄関脇のクレマチスが咲いていた。

テッセンともよばれるこの花には、ささやかな物語がある。一昨年の春に、鉢植えの花を買った。きれいな花が咲いて、感動した。花が咲いたあとで、直植えにした。次の年にも咲くだろうと期待していたが、芽もでてこなかった。それでも、万が一ということがあるかもしれないと思い、肥料と水だけはやっておいた。

今年、芽が出てきたが、これがクレマチスかどうかは、まったく自信がなかった。板で井形に作られた塀にからみつくようにしておいたら、七つのつぼみが出てきた。

クレマチス

そのうちの三つが今朝、一斉に花開いた。まちがいなく、クレマチスだった。二年ぶりに大輪の花に対面できて、素直にうれしい。復活した花でもあるので、なおさらうれしい。

紫色の八枚の花びら。濃いところは菖蒲色《しょうぶいろ》、薄いところは葡萄色《ぶどういろ》に近い。そして、黄蘗色《おうばくいろ》を薄くしたような雄しべと雌しべ。これらが、ちょこんと真ん中にある。

時間が経つにしたがって、花びらがピーンと開いてくる。蝶が羽化するときに似ている。太陽が輝きを増すと同時に、花の色も輝いてくる。クレマチスが、つる草の女王と呼ばれるだけのことはある。上の方にあるつるにも、花芽がある。やがて、これも花開いて、見る人を楽しませてくれるだろう。早起きをするのは楽しい。きれいな花をみて、今日もなにかいいことがありそう。こんなふうに思わせてくれるから。

ヤマツツジ

五月四日。みどりの日。ヤマツツジの花が、ひっそりと咲いている。色の違う二つの群がある。ローズレッドとスカーレットの花の群がある。両方とも決して派手な花ではない。それでも、「ここに私はいる」という存在感を、はっきりと示している。

この山つつじから、高校時代の生物の先生を思いだした。植物学が専門だった。ある日の授業で、城山へ向かった。そして、私たち生徒に、こういった。

「どんな植物の葉の一部でも、花でもいいから、もってきなさい。すべての名前を教えてあげるから」

「すべての植物の名前など、分かるはずがない」生意気な私たちは、こう思った。

「先生。これはなんですか」私たちは、ありとあらゆる葉と花をもって行った。

ヤマツツジ

「これは、ハコベの葉」
「これは、イワタバコの花」
「これは、ペンタスの葉」
「これは、デイジーの花」
「これは、ワスレナグサの葉」
「これは、ヒメユリの花」

すべて即答だった。専門家とは、こういう人をいうのかと初めて知った。先生が知らない植物があるのでは、と疑ったことを恥じた。これからは、自分の専門を極めた学識のある人を先生とよぼう、と多くの生徒が思った。また、こんな先生から教えてもらえることを誇らしく思った。ヤマツツジから想い起こした話である。

ヤマザクラ

宝塚の山は、大阪の都心にくらべて、季節がゆっくり進む。見上げると、五月なのに、ヤマザクラがまだ咲いている。「おそざくら」とよばれるわけだ。

この花から、大学での日本文学の授業を思いだした。平忠度《たいらのただのり》の次のような短歌がある。

さざ波や志賀の都は荒れにしをむかしながらの山ざくらかな

この歌をめぐるエピソードを、教授が話してくれた。藤原俊成は、後白河法皇から『千載和歌集』（岩波文庫）の撰者を命ぜられた。平忠度の歌を歌集に入れたいのだが、状況が許さない。平家は源氏に敗れ、「朝敵」になってしまったから。

ヤマザクラ

「朝敵」になってしまった人の歌を、法皇が編む歌集のなかに入れることはできない。でも、平忠度の歌はすばらしい。考えた末にとったのは、「読人しらず」としたことである。

このとき、学生から、いくつかの意見がでた。

「藤原俊成はすばらしい。『読人しらず』としたことで、歌集に収録することができたのだから」

「誰も傷つけることなく、成果を上げることができた」

「これ以外の方法では、収録できなかっただろう」

「うーん。やはり、他の方法は思いつかない」

「平忠度の一族にとっても、よかったのではないかしら」

ピンクのバラ

五月晴れの南の空をながめたら、「あっ」と大きな声がでた。まるで波頭のような雲がほぼ同じ間隔で七つもあり、波が動いているかのようだった。見ようとして空を見上げたのではなく、なんとなく空を見上げたら、そこに波頭が見えた。

ふしぎに思いながら視線を地面にもどすと、ピンクのバラが目の前にある。大きなバラで、五つならんで、なかよく咲いている。花のもっとも外側は朱鷺色《ときいろ》、その内側は紅梅色《こうばいいろ》、真ん中はつつじ色。グラデーションになっていて、なかにいくほど色が濃い。まだ若木だから、バラのゲートになるには時間がかかる。でもゲートができたときには見事だろう。何年か先のことを期待してしまう。

青空とピンクのバラから、ファッション工学科の木原先生との話を思い起こした。

ピンクのバラ

「若い女性のあいだで、おしゃれに関心を持つ人が増えています」

「ええ。とてもいいことだと思います」

「なにかおしゃれの秘訣はありますか」

「ありますよ。上の服と下の服を同系統の色で合わせると、きれいに見えます」

「それは、よく分かります。ほかにも、なにかありますか」

「あります。赤から紫までリング状にならべた色相環を見たことがあるでしょう。この色相環の反対側に位置する二色を補色と言います。赤の補色は緑、青の補色は橙《だいだい》になります。補色はお互いの色を目立たせる効果があります」

「それでは、ピンクのブラウスに水色のジーンズの組み合わせはどうですか」

「おしゃれの秘訣からはずれていて、おすすめできない組み合わせですね」

アヤメとカキツバタ

学校から離れて、学年単位でハイキングにやってきた。ツバメが低い所を飛ぶと、雨が降るといわれる。でも、今日は高い所を飛んでいて、天気の心配はいらない。公園の水辺で、花にくわしい生徒たちが活躍している。彼らが花を好きになるきっかけは、家族や、近所のおじさん、おばさんに教えてもらったおかげだそうだ。花に代表されるような、きれいなものが好き。花の種類を知るのも好き。多くの花を見ることで、感性を磨き、小さな違いが分かる人になっていった。

ある生徒は、アヤメとカキツバタの違いを、こういうふうに説明している。

「花を見ただけでは、アヤメとカキツバタの違いは分かりにくい」

「僕は、アヤメとかカキツバタという花があることさえ知らなかった」

アヤメ

「二つの花は似ているよね」

「ちょっと見ただけでは、違いが分からない」

「そうだね。でも、見分け方がある」

「どうやって、違いがわかるの」

「アヤメは、草原に生えている。カキツバタは、水辺の湿原に生えている」

「えーっ。乾燥した所に咲いているのはアヤメで、さざなみがたつ水辺に咲いているのはカキツバタなの」


生徒たちを見ていて、つくづく思う。聞こうとする人は聞くし、見ようとする人は見る。たとえば、鳥の声に関心がある人は、聞くことができる。花に関心のある人は、花を見つける。こういう能力は、学習だけでなく、生活のなかでも役に立つ。

ジンチョウゲ

「先生。空気に匂いはあるのでしょうか」

「あるよ。どうしてそう思ったの」

「朝、起きたら、部屋の中で、なんだかいい匂いがしました」

「枕に薫《かお》るという状況だね。部屋の中になにかあったの」

「ううん。見わたしたけど、特別なものはなにもありません」

「部屋の外で、いつもと違うことはなかったかな」

「なにも変わりはなかったですよ」

「家の外は、どうかな」

「そういえば、学校に行くために外に出たら、なんだかいい香りがしました」

「それだ。あなたの家か近所に、白かピンクの花が咲いてなかったかな」

ジンチョウゲ

「白かピンクの花ですか。周りを見わたしたりしなかったから、よく分かりません」

「多分、ジンチョウゲでは、ないかな」

「なんですか、それは」

「ジンチョウゲは、漢字で沈丁花と書く。春に、白やピンクに染まった花を咲かせる。家に帰ったら、いい香りのする花を探してみてはどうかな」

「分かりました。探してみます」

「沈丁花はクチナシやキンモクセイと並んで、三大香木の一つとして知られている。若葉の香をただよわせて吹いてくる南風を薫風《くんぷう》という。この言葉とともに覚えておこう」

「はい。覚えておきます」

アジサイ

一昨年の六月のことだった。フラワーショップで、鉢植えのアジサイを買った。つぼみがふくらみ、やがて花が開いた。空や海を連想させる青い花は、なぜか心を落ちつかせる。花を楽しんだ後で、庭に植えかえた。

その年の十二月、腰痛で入院した。アジサイに追肥もやれなかったし、水やりもできなかった。気にはなりながら、ベッドから動けないので、どうしようもなかった。

明くる年の梅雨のとき、期待していたアジサイは咲かなかった。がっかりした。花は正直だ。手をかければ、それに応えてくれる。手をかけなければ、花は咲かない。

退院して、今年は追肥をあげた。水やりにも気を配った。周りの雑草も、きれいに抜いた。そうしたら、枝葉がのびて、花芽が出てきた。

五月の半ばに、白い小さな花が咲き、周りから青くなっていく。やがて、全体が

フクリンアジサイ

群青色《ぐんじょういろ》になり、外側には白いふちどりができた。こんなアジサイをみて、心がおどった。二年ぶりの再会である。「長い間、待っていたよ」花にむかって、言葉をかけていた。

アジサイの花の色は、土の性質によって変わる。酸性の土では青い花になる。アルカリ性の土ではピンクになる。わが家のアジサイは青いから、酸性の土だといえよう。

アジサイをぼんやり見つめていたら、青い衣装を身につけた子どもに見えてきた。雨粒が葉に残っている。これさえも、子どもの衣装を引き立てる模様に見える。

花を育てるのと、子育てはよく似ている。注意ぶかく見守り、手をかければ、いい子に育つ。手抜きをすれば、どこかでつまずく。アジサイが見事に咲いているのは、丹精こめて育てた結果である。子育てにも、きめ細かな配慮が必要なのはいうまでもない。

アジサイがきらい

知り合いのなかに、アジサイがきらいな人がいる。理由を聞いてみると、こんな話をしてくれた。アジサイは、花の成長にともなって、色が変わる。たとえば、白からピンクになり、さらに水色になったりする。

このような花の様子から、花ことばのひとつは「移り気」である。つきあっていた人の心変わりで、別れた経験があるので、アジサイを見て、つらい恋を思いだしてしまう。そのため、アジサイが好きになれないと打ち明けてくれた。

彼の気持は分からないでもない。つきあっている人が、心変わりすることはあるだろう。その反対に、自分の方に心変わりが生じることもあるだろう。だから、恋愛がうまくいかないのは、すべて相手のせいだと断言したりするのは、言い過ぎである。

愛というものは、太陽のように明るく輝かしいものだ。でも、愛が冷めると、苦し

アジサイ

くて、心が張り裂けそうになったりする。アジサイの色の変化をみるたびに、つきあった場面の一つ一つを思い出す人がいる。花の色の変化が、お互いの心の変化を象徴するようで、耐えられない人もいる。

アジサイを見て、まったく逆の発想をする人もいる。この人は、失恋の経験がないわけではない。むしろ、耐えられないほどのきつい失恋経験がある。苦しんで苦しんで、これ以上、耐えられない所までいって、突然、気がついた。アジサイの花の色が変わるのは、悪いことではない。むしろ、新しいチャンスへの挑戦をすすめているのではないか。この気づきから、彼は、アジサイの花ことばを自分で「リフレッシュ」と決めた。こう決めたことで、自分の運勢がよい方向に変わったという。

アマリリス

三羽の子すずめが、道を横切っている。道を右から左へ行くときも、左から右へ行くときも、縦一列にならんで進んでいく。まるでおもちゃの兵隊の行進のようで、思わず、くすりと笑ってしまう。

子すずめが通った近くに、鉢植えのアマリリスがあった。六枚の花びらは、ヒガンバナ科だけあって、ヒガンバナと同じ赤い色をしている。花びらの内側には、黄色い筋が通っている。一本の太い茎から二つの花が咲いている。お互いに背中を合わせているような形で、なんだかおかしい。

この花の様子から、二人の高校生の会話が思い浮かんだ。

「アマリリスが咲いている」

アマリリス

「あざやかな赤い色ね」

「そうだね。いつも思うのだけれど、どうして、背中合わせに咲くのだろう」

「あなたもそう思っていたの。私もよ」

「これらの花は仲が悪くて、背を向けているのだろうか」

「ええっ。そんなふうに思っていたの」

「なんとなく、こうだと思っていた」

「私は逆に、仲のよい恋人同士がお互いに寄りかかっている、と思っていた」

「うーん。同じ花をみても、受けとり方は、それぞれちがうものだね」

「やはり、見る人の感情を反映しているのではないかしら」

「そうかもしれないね」

ブラシノキ

兵庫県宝塚市花屋敷は、坂の多い街である。もともとは山であった。この山の形を活かした街づくりの結果である。

自動車のディーラーが言っていた。「車検でチェックしてみると、ブレーキの減り具合が、他の地域に比べて大きい。おそらく、坂の多いことが関係しているのだろう」

あらためて見わたしてみると、たしかに坂道が多い。斜面に石垣を築いて、平らな敷地にしてある。棚田《たなだ》のような形だが、そこに家を建てている。

ある瀟洒《しょうしゃ》な家の庭に、赤い花が咲いている。ブラシのような形に見える。こんな花は、今までに見たことがない。

花を見つめていたら、品のいいご夫婦が、玄関から出てきた。思い切って、花の名前をたずねてみた。そうしたら、「きんぽうじゅ」という答が返ってきた。

ブラシノキ

意味がわからずにとまどっていたら、さらに説明をしてくれた。

「金の宝の樹と書きます。ブラシノキともいいます」

「金の宝の樹とは、あらわれのいい名前ですね」

「ええ。形はブラシに似ています。でも、この花の名前は、気にいっています」

帰るときに、一輪の金宝樹をいただく。乳白色の小さな器に活けて、食卓に飾る。青竹色の葉の下に、花が咲いている。このような形になるのには、訳がある。花が終わると、花の先から枝が出てくるからである。

よくみると、花の先に小さな珠がついている。これが、光の加減で金色に見える。金宝樹ではなく、金宝珠ではないかと思い、ほほえみが浮かぶ。

パンジー

花の前で、小学生の姉妹が言い争いをしている。

「お姉ちゃん、このパンジーは、あのパンジーよりもきれいよ」

「そんなことはないわ」

「だって、この紫のパンジーは、きれいでしょう」

「たしかに、紫のパンジーは、きれいよ」

「そう思うでしょう」

「でも、私は、赤のパンジーの方が、もっときれいだと思う」

今にも、つかみあいのけんかになりそうだった。そこへ、二人の娘の母親が出てくる。

「なにをいいあらそっているの」

パンジー

「妹は、紫のパンジーの方がきれいだというの」

「お姉ちゃんは、赤のパンジーの方がきれいだというの」

「どれどれ」鉢植えのパンジーを見わたして、母親がいう。

「紫のパンジーはきれいね」

「そうでしょう」妹が大きくうなずく。

「赤のパンジーもきれいよ」

「ねえ、きれいでしょう」姉が満足そうに、うなずく。

「どちらのパンジーがよりきれいかは、どれだけ話し合っても決められないわ。それよりも、たこ焼きを食べに行ってらっしゃい」

今まで言い争っていたのを忘れたかのように、二人は手をつなぎ、家を出ていった。

ジャーマン・アイリス

ジャーマン・アイリスがようやく花開いた。今年は、花の時期が遅くて心配していた。でも、なにごともなかったかのように、なつかしい姿をみせてくれた。

茎の高さは、八十センチから一メートルはある。日本のあやめが三十センチから五十センチであるのにくらべて、かなり大きい。この様子から、ベルリンの街を歩いている大柄なドイツ人を思い浮かべた。

真っ白な花びら、深紫のがく、がく片のもとにあるカナリア色のひげ。このひげが光の加減で、金色に見えるときもある。とてもゴージャスな花である。

このジャーマン・アイリスの白、深紫、カナリア色をながめていたら、どこかで見た記憶がある。そうだ。ドイツを難民の調査で訪れたときのことだった。ヘッセン州にあるフランクフルトは、古くから金融の街である。今では欧州連合（ＥＵ）の中央

ジャーマン・アイリス

銀行がおかれている都市としても有名だ。

このフランクフルトに、ゲーテ通りというおしゃれな一角がある。ブロンドの髪の女性が歩いていた。この人が、白いシルクのブラウスの上に、カナリア色のスーツをはおっていた。少し短めのスカートに、深紫と金色のラメが入っていた。

見ていた当時は、なにも思わなかった。今になって思う。あのファッションは、もしかしたらジャーマン・アイリスの色合いを、服に反映したものではないだろうか。そうであるなら、デザイナーは、自然をよく観察している、とあらためて感心した。デザインは意匠や図案という意味であるが、ジャーマン・アイリスの花が、服のデザインに取り入れられても、おかしくはない。そう思ったら、「ふっふっふっ」と笑いがこみあげてきた。

カーネーション

おでこに絆創膏《ばんそうこう》をはった子どもが、「アーン、アーン」とはげしく泣いている。周りの人に聞いてといわんばかりの大泣きである。その子をしっかり抱きしめながら、母親がなだめている。この親子の姿に、なつかしさを感じ、足を止めた。少し離れているので、母親がなんといっているのかは分からない。でも、小さい子どもは大泣きから、だんだん落ちついてきた。そして、ついには泣きやんだ。泣きやんだ後で、子どもが母親を、じっと見つめている。私が子どものころにも、似たような情景があった。幾度もこういう場面があり、親子の情愛がしみていった。突然、想い起こした。小学生のころ、肺炎をおこして、布団に横になっていた。でも、咳がはげしくて痛みがあり、眠ることができないでいた。

母が体をやさしくさすりながら、はげましのことばをかけている。母のことばとス

カーネーション

キンシップは、苦痛を乗り越えるようにという祈りでもあっただろう。このときのことを思いだして、心があつくなる。

今、たたずんでいる公園の花壇に、一群れのカーネーションが咲いている。おあつらえむきに、赤のカーネーションだ。赤のカーネーションの花ことばは、母の愛である。なんという偶然の一致だろう。

母の日は過ぎたけれども、母の愛を思いだすようにという天からの配慮かもしれない。現世を去った母に恩返しはできないが、だれかに恩送りはできる。こんな決意を固めた。絆創膏をはった子どもとその母親、赤いカーネーションに出会えたことに、心から感謝したい。

ドクダミ

今日で五月も終わり。白樫《しらかし》の木の下で、ドクダミが咲いている。松葉色《まつばいろ》の葉っぱをつけた茎がすっと伸び、その先に四枚の白い花びらのような苞《ほう》がある。ドクダミには、本物の花弁と萼《がく》はない。中央の刈安色《かりやすいろ》の穂のような部分は、花穂である。このドクダミをみつめていたら、古い友人の顔がありありと浮かんできた。

その友人の家は、あまり豊かではなかった。家族が病気になるのがもっとも怖いので、健康には常に気をつけていた。友人の母親は、ご飯をおいしく炊き、旬の野菜と旬の魚を食べるなど、できるだけの心配りをしていた。

それに加えて、健康維持のために、自家製のドクダミ茶をつくっていた。ドクダミの収穫を一度だけ手伝ったことがある。このときの記憶をたどりながら、記《しる》してみたい。

花が咲いたドクダミの葉を、鎌を使って根元の所から切る。それを集めて、丁寧に

ドクダミ

水洗いする。十本くらいを束にして輪ゴムでむすび、十日ほど陰干しをする。

かりかりに乾燥させたら、はさみで適当な大きさに切って、煎《せん》じる。煎じるときには、銅や鉄の鍋はダメと強くいわれた。なぜなら、銅や鉄製のものを使うと、ドクダミの成分のタンニンと金属とが結びついて、有害な物質ができてしまうから。

少し強めの火で沸騰させた後で、およそ二十分、弱火で煮込む。煮込んだら、ドクダミを取り出し、茶漉《ちゃこし》でこして飲む。

友人の家で、ドクダミ茶をはじめて飲んだときは、匂いがきつく、味も苦くて飲めなかった。しかしながら、自分も手伝ってつくったお茶は、おいしい、と感じた。なんという変わりようだろう。

第二章　夏の旅

クロユリ

六月の花

ヒカゲツツジ

六月に入り、梅雨入り宣言はまだだが、少し蒸し暑い。阪急バスに乗ったら、エアコンが入っていて、気持ちがいい。このバスは、阪急川西能勢口が始発駅である。ここから清和台営業所前行きに乗る。古墳のある勝福寺前を通りすぎ、萩原へとむかう。萩原は、道の両側が切り立った崖になっている。交通渋滞を緩和するため、バイパス道路がつくられたと聞いている。その際に、山を突っ切って道をつくったため、両サイドが崖のようになった。

道路から山のてっぺんまで、全面がヒカゲツツジにおおわれている。ここのヒカゲツツジは、すべて淡い黄色である。道路から山の上まで、巨大なカーテンにおおわれているかのようだ。

ヒカゲツツジ

フランクフルト国際空港をめざしているときに、アルプス山脈の上を飛んだことがある。その際に、西ヨーロッパでもっとも高い山であるモン・ブランをみた。モン・ブランとは、フランス語で白い山のことである。雪に覆《おお》われているから、この名前がついた。この白い山が光の加減で、黄色い山に見えることもある。

萩原にあるヒカゲツツジの黄色いカーテンを見て、アルプス山脈のモン・ブランを思いだした。飛行機の窓からモン・ブランを見た乗客が、「オーッ。美しい山」と興奮の声をあげた。バスの車中では「きれい」という声がきこえた。美しいものに感動するのは、洋の東西を問わず共通である。一つひとつのヒカゲツツジは、小さな花である。小さな花でも崖一面に広がると、見た人に大きな感動をあたえる。

クロユリ

クロユリのイメージが、いきなり頭に浮かんできた。奥志賀高原で、このユニークな花を見たことがある。名前はクロユリだが、実際には濃い紫色に見える。それでも、見なれた白いユリとくらべると、十分に黒い。めしべは黄檗色《おうばくいろ》で、すっきりとしている。

クロユリを思いついた理由が分かった。先ほどまで、子どもとオセロをやっていた。オセロの黒い石からクロユリを連想したのだった。

オセロの白をひっくり返すと黒になる。黒をひっくり返すと白になる。このひっくり返すことから、子育てがとびきり上手な保護者のことを思いだした。記憶の中から、この保護者と話しあった内容までがよみがえってきた。

「子どもさんがいつも明るくて、元気なのは、なにか秘訣があるのでしょうか」

クロユリ

「特別なことは、なにもしていないのですが」

「子どもさんは、いつもニコニコしていますし、むずかしい出来事にぶつかっても、すんなりと解決しているようですが」

「うちの子どもが、そんなふうに見えますか」

「ええ。なにか、ご家庭で取りくんでおられることがあるのでは」

「もしかしたら、捉《とら》え方《かた》はひとつではないと、いつもいっていることでしょうか」

「もう少し具体的にいえば、どういうことですか」

「たとえば、勉強の能率が悪い、と子どもがいったとしましょう」

「よくきく言葉ですね。このときには、どう返すのですか」

「それはいいことではないの。あなたが勉強に慎重にとりくんでいるせいだから」

「ああ。子どもさんのどんな性質も、捉え方次第で長所になりうるわけですね」

カトレア

カトレアを育てている。温度が十度以下になってはいけないので、室内に入れたり、温室のヒーターで温めたりする。冬の間に日光不足だったので、太陽にあてたら、葉が少し日焼けをおこしてしまった。うじうじと反省をする。直射日光はダメなので、ダイオネットをかけて、少しずつ慣らしていく。

水やりも大事である。水やりが足りなくて、花を枯らしてしまう。逆に、水をやりすぎても枯らしてしまう。この加減がむずかしい。その代わり、大事に育てたカトレアは、とても長い間、咲き続ける。

花の色は、ルビーレッドというより、ローズレッドに近い。あざやかな紫味の赤というより、くすみのない明るい色調の赤である。美しいカトレアの花の見つめているだけで、ほほがゆるんでくる。

カトレア

一つの茎に八個から十二個の花がついている。花を愛でて数日たつと、花からいい香りがしてくる。息をするごとに、心地よい香りが、鼻をくすぐる。それが脳をかすかに刺激して、心がなごむ。可憐な花と、いい香りとを毎年、楽しんでいる。

植木鉢はオランダから輸入したもので、カトレア向きの鉢とのことである。カトレアの根に、空気が行き渡りやすいそうだ。このオリエンタルブルーの鉢は、カトレアの花の色と、よく調和している。

応接間に、カトレアの鉢を置く。毎日、ただながめる。それだけで、花のあるくらしを楽しめる。花の名前は、ポーツ・オブ・パラダイスという。まるで楽園が、この部屋にあるかのようだ。

カスミソウ

石垣の上に建っている家がある。その家の庭に、カスミソウが咲いている。白い小さな花が無数に咲いていて、かすみのようにみえる。カスミソウという名前が付けられたいわれである。

この家の石垣には、ところどころすき間がある。そのすき間のいくつかにも、カスミソウが咲いている。上の花壇から距離があるので、花の根が伸びているとは思えない。やはり、花が咲いて種になり、それが石垣のくぼみのわずかな土の上に落ちて、芽が出たのだろう。偶然の重なりに思えて、いいものをみたと感動した。

花束をつくるとき、カスミソウは主役ではない。脇役である。でも、この脇役がいるからこそ、メインの花が、ぐっと引き立つ。メインの花だけだったら、華はあるが、なんとなく、みすぼらしくみえる。カスミソウがあってこそ、花束は輝く。このように、

カスミソウ

カスミソウの果たす役割の大切さを忘れないようにしたい。

高校の教員をしているときに、「私はカスミソウ」が口癖の生徒がいた。主役になって輝くという気持ちが、まったくなかった。いつでもサポート役に徹していたので、誰からも好かれた。結局、彼女はクラスを動かすのに、なくてはならない人になった。

高校を卒業して、民間企業に就職した。そこでも、すべての社員から好かれた。ある教育機関から引き抜きの話がきた。会社側としては、絶対に手放したくない社員になっていた。でも、彼女の将来を考えたら、転職した方がいい。こういう配慮を受けて、心から送りだしてくれた。今でも周りの人から好かれていて、組織のリーダーになっている。人を助けることは、自分を助けることにもなる。カスミソウの生き方も悪くない。

ガーベラ

濃いオレンジ色のガーベラの上を、大きな黒い蝶が、優雅に通り過ぎた。これまでみたアゲハとくらべて飛ぶ速度が遅い。ゆっくり、ゆっくり飛んでいる。クロアゲハではなく、カラスアゲハのようだ。

一頭だけで飛んでいるが、オスだろうか。それともメスだろうか。『蝶の図鑑』で、確かめてみた。前翅《ぜんし》に黒いビロード状の毛があるので、オスのようだ。

カラスアゲハは、シジミチョウやイチモンジチョウなどとは、比べ物にならないくらい大きい。この大きな蝶を見たことで、心が豊かになり、素晴らしい日になった。

青虫からサナギになり、サナギから蝶になる。このような変化は、人生のそれぞれの段階を示しているようにもみえる。ことばを換えていえば、より高いレベルに生まれ変わることをあらわしているようでもある。

ガーベラ

ある一時期だけをみたら、人生は意味がないようにみえるかもしれない。右往左往している、取り止めがないことや筋道が通らないことをしているようにみえるかもしれない。それでも、やるべきことに真剣に取りくむ。昨日より今日、今日より明日と少しずつでも進み続ける。そうするなかで、人生の答がみえてくるのではないか。

自然と接するなかで、解決のヒントを見出せる気がする。ガーベラの上を飛ぶカラスアゲハが、一つの例になるのではないのか。蝶になる前は、サナギの状態である。その前は、青虫である。青虫は子どもにも嫌われることが多い。サナギは変な姿と攻撃されたりする。でも、蝶になると「きれいだ」といわれる。自分の人生もまだ青虫の段階、サナギの状態かもしれない。まもなく、蝶になると思えば、不条理な世界も乗り切れるのではないか。

アメリカフヨウ

梅雨明けが宣言されてから一週間がたった。今日は、朝から猛烈な暑さになっている。それでも、いつものように、散歩に行く。

遠くから見たら、タチアオイのように見えた花がある。近づいてみると、アメリカフヨウだった。ダーク・レッドの花が、とても凛々しい。ダーク・レッドは、ウェールズのナショナル・カラーである。ダイアナ妃の儀仗兵の服と同じ色である。

あらためて見てみると、この五弁の花は、とても大きい。もっとも大きいのは、花の直径が、三十センチちかくある。こんなに大きなフヨウは、これまで見たことがない。高さは、二メートルないにもかかわらず、花のサイズが、あまりにも大きい。

この花をフヨウのチャンピオンと名づけてもいいのではないか。このチャンピオンと対話をしている場面を、想像してみたくなった。

アメリカフヨウ

「こんなに素敵な花を育てた人は、どんな人ですか」

「ごく普通の人です。でも、庭の手入れをおこたらない人です」

「土づくり、肥料や水やり。どれも手抜きをすることがなかったのでしょうね」

「ええ。手抜きをすることが一度もありません。それに、愛情をこめて、私たちを育ててくれました」

「その結果が、この花の姿なのですね」

「そうです。私たちを育ててくれた人が、いつもいっている言葉があります」

「どんな言葉ですか」

「花は生きています。だから、語りかけが、とても大事です」

タイサンボク

六月中旬なのに、うぐいすの声が聞こえる。「ホーホケキョ」の声は、まちがいなくうぐいすだ。見わたしてみると、タイサンボクがあり、ここに隠れているのではないか。

うぐいすは春の季語だった。夏のうぐいすも、季語のなかにあったはずだ。「夏うぐいす」ではなかった。そうだ。「老鶯《ろうおう》」だった。思い浮かべるのに時間がかかってしまった。

お碗の形をしたタイサンボクの花を、一つひとつ見ていく。白い花のなかの緑のうぐいすだから、見つけやすいはずだ。でも、なかなか見つからない。

もしかしたら、隣の竹林の方かもしれない。こう思い、若竹を見ていく。念入りに探してみるが、こちらでも見つからない。竹の間からすてきな青空が見えた。竹の緑

タイサンボク

と空の青。いい色の組み合わせで、癒された感じがする。きれいな風景を見たので、これ以上、探さなくてもいいかという気持になる。

そのとき、うぐいすの声がして、やはり探そうと思った。ふたたびタイサンボクを見なおす。前よりもていねいに見ていく。白い花びらが心に沁みる。心が素直になり、自然のなかで活かされている気になる。

「声はするのに、どこにいるのかな」こうつぶやきながら、探しつづける。「もうあきらめようか」「いや、あきらめない」心の中で二つの意見が、たたかいはじめた。

あきらめる方に気持が傾きかけたときに、うぐいすの雀茶色《すずめちゃいろ》のしっぽが見える。大きなタイサンボクの花影に、ひっそりとたたずんでいる。まったく動かないから、見つけにくいはずだ。あきらめなくてよかった。努力は人を裏切らない。

クサイチゴ

遅咲きのクサイチゴの花を見つけた。四月の終わりから五月にかけて見かけた花だ。六月半ばになっても、まだ見ることができるとは、驚いた。

白い五弁の花に、たくさんの雌しべがついている。この雌しべの一つひとつが、粒の形になる。イチゴは、この粒の塊なのだ。となりの枝では、イチゴの実を見ることができる。そういえば、苺色《いちごいろ》という言葉があった。夏の初めに、あざやかに色づいたイチゴの実のような色である。少し紫色を帯びた赤といったらいいだろうか。

イチゴの花の横を、ごまだらちょうが、ゆっくりと飛んでいく。白い花と、黒の地に白いもようの蝶。絵になる構図である。

ある生徒は、昆虫にくわしい。とりわけ、蝶にくわしい。かぶと虫を好きになったのが、始まりだった。それからは、虫取りに熱中した。かぶと虫から蝶、蝶からトン

クサイチゴ

ボへと少しずつ観察の範囲を広げていった。

野山で蝶を追いかけて、標本を作りはじめた。そのうちに、卵から毛虫、毛虫から成虫へと育てるようにもなった。今では、「虫博士」と呼ばれて、クラスのメンバーから尊敬されている。なにかに熱中できる人間は、周りの人を引きつける。

彼のように、昆虫にくわしい生徒はいるが、花にくわしい生徒は多くない。都会では仕方がないのかもしれない。マンションのベランダで花を育てるか、あるいはフラワー・ショップで花を買い求めるしかないのだから。

野山を歩いたときに、クサイチゴの花を愛で、実を食べてみる。公園に出かけて、風のそよぎを感じる。こんなふうに自然にふれあうことが、私たちの日常を少しずつ豊かにするのだが。

ノアザミ

勉強がよくできるタイプには、いくつかの特徴がある。そのひとつは、自然をよく観察していることである。野原のなかに一本だけ高くそびえているノアザミ。空港の管制塔のようにもみえるノアザミ。このワインレッドの花の上を、鳥がすーっと飛んで行った。多くの生徒は、なにかが飛んで行ったとしか思わない。でも、鳥にくわしい生徒はちがう。


「今の鳥は、なんだった」鳥にくわしい生徒に、友だちがたずねる。

「今のは、シジュウカラだよ」

「すーっと飛んで行っただけなのに、よく分かるね」

「うん。特徴があるから」

ノアザミ

「えーっ。なにか特徴があったかな」

「ほほのところが白かったでしょう」

「そうだったかな」

「それに、胸のところが黒くて、ネクタイをしてるようにみえたでしょう」

「なにか黒いものはみえたけど」

「白いほっぺに黒いネクタイが、シジュウカラの特徴なんだよ」


花にくわしい生徒、星の動きに夢中の生徒もいる。彼らは皆、勉強もよくできる。わずかな違いに気づくことが学習にも活かされている。それともうひとつ、彼らは予知能力、小さな勘にすぐれている。こうなるきっかけは、人のなかで身につけたというより、自然のなかで過ごすことで、育まれてきたように思う。バード・ウォッチングが趣味の父親。花を好きな母親。天体観測が好きな近所のおじさん。それぞれ幸せな出会いがあったのだ。

ホタルブクロ

授業参観の日に、ある母親が校庭で、ホタルブクロ（別称ツリガネソウ）をみかけた。ピンクの花をみて、花ことばが「感謝」だったことを思い起こした。その日、講演をした栄養士にたずねていた。


「ご飯を食べる前に、野菜を食べる方が健康にいいそうですね。本当でしょうか」

「一緒に考えてみましょう。野菜とご飯では、どちらが飲み込みやすいでしょうか」

「ご飯の方です。ご飯はあまり噛まなくても飲み込むことができますから。野菜は、よく噛まないと飲み込めません」

「よく噛んで野菜を先に食べることで、からっぽの胃を落ち着かせてくれます」

「そうすることで、ご飯をかき込むことなく、食べる勢いを抑えてくれるのですね」

ホタルブクロ

「野菜から先に食べることで、満腹感が得られるので、食べすぎを防いでくれます。また、野菜の食物繊維が先に体のなかに入ると、糖分や脂肪分の吸収を抑えてくれます。それに、血糖値の急上昇も防いでくれます」

「太りすぎの防止にもなるのですね」

「そのとおりです」

このことを知った母親は早速、自分の家で試してみた。ところが、娘から「野菜が多い」とぼやきが出た。すぐに、小さい皿から大きい皿に変えて、野菜は同じ量をのせて出した。そうしたら、文句を言うことなく、野菜を食べてくれた。

小さい皿に一定の野菜を盛りつけるのと、大きい皿に同じ量の野菜を盛りつけるのでは、見た目の印象がちがう。同じことをしていた自分の母親の姿を思いだし、あらためて感謝の気持をもった。ホタルブクロの花ことばにかかわるエピソードである。

テッポウユリ

ラジオの天気予報がいう。「今日は、午前中から雨が降る予定です」そこで、いつもより一本早いバスに乗ろうとしたことが、幸運を引き寄せた。

松が丘南のバス停に向かう途中、目の前を白い鳥が飛んでいく。大きな羽をゆっくり上下させて、とても優雅に飛んでいく。カラスよりも大きいので、おそらくサギだろう。ある石油会社の看板と同じ姿の鳥を、はじめて見ることができた。

以前、猪名川のほとりで、黒い鳥は見たことがある。二本の足で立っていたので、一瞬、ペンギンかと思った。でも、日本の川にペンギンがいるはずはない。ペンギンよりも背が高く、ほっそりとしていたので、カワウだと検討をつけた。

今回は、全身がほぼ白なので、白サギだとわかった。朝の光が少しずつ広がっていくなかでの白い翼は、よく目立つ。まっさらな空気が、さらに浄化されたかのようだ。

テッポウユリ

白サギが飛んで行った方向に家があり、そこの庭にテッポウユリが、いくつも咲いている。白いテッポウユリが風にゆれる姿は、白サギを見送っているみたいだ。白い花が白い鳥に手をふる。絵になる光景だ。

あらためて、テッポウユリをみつめる。一本の茎から四方に向かって咲くユリ。純白の花びらに、黄金色のおしべ。威厳を感じさせる濃い緑の葉。

フランクフルトのマイン川沿いにあるシュテーデル美術館で見た絵を思い出す。聖母マリアを描いた絵で、赤い服の上にラピスラズリ色の衣を身につけている。聖書をよんでいるのだろうか。この部屋に、白ユリを活けた花瓶がかざられている。白ユリは、聖母マリアの処女性を象徴する花とされている。この絵にある聖霊の鳩からも、目が離せなかった。

ハス

奈良にはまほろば、すぐれたよい所がいくつもある。そのなかで外すことのできないのが唐招提寺《とうしょうだいじ》である。近鉄西ノ京駅で降りて、十分ほど歩くと南大門にいたる。

この寺を建てた鑑真和上《がんじんわじょう》は、中国、唐の僧であった。入唐僧《にっとうそう》の栄叡《ようえい》、普照《ふしょう》らの願いを受け、日本への渡航を企てる。しかし、五回、試みたが果たすことができず、そのうえ失明してしまう。それでも、あきらめることなく、六度目に成功した。来日後は東大寺で仏門に入る者を育成し、聖武上皇をはじめ多くの人に菩薩戒《ぼさつかい》を授けた。これは菩薩道の修行をしようと誓う儀式である。後に、天皇から賜わった新田部親王旧宅を唐招提寺とした。

この唐招提寺でいつも気になる所が、二か所ある。ひとつは、戒壇《かいだん》である。日本では、鑑真が七五四年に、東大寺の大仏殿の前に壇を築いたのが始まりである。新しく正規

ハス

の僧になるには、壇上で十人の僧の行う儀式によって具足戒《ぐそくかい》を受ける。これは禁欲など僧の戒律を守ることを誓う儀式である。戒壇の前に今、僧の姿は見えないけれども、心の中で儀式をイメージしてみる。

もうひとつは、季節にもよるが、ハスである。蓮池で見るのもいいが、連鉢のハスも風情がある。こちらの方が蓮池よりも一月ほど開花時期が早い。一つの鉢に一輪のハスが咲いている。これを見比べていくと、花の違いに感心し、清純さに心がなごむ。

この唐招提寺で、友人がこんな話をしてくれた。以前、付き合っていたガールフレンドがいた。何度かデートをしたけれども、すれ違いがあって、別れてしまった。その女性のことを長い間、忘れられないでいた。ところが、ここでハスの花を見たことで、彼女の幸せを祈ることができるようになったという。

忍《しの》び音《ね》

ホトトギスは渡り鳥である。夏の始めに、いつも家の近くにもどってくる。ホトトギスの鳴き声は「てっぺんかけたか」と聞こえるので、もどってきたことがすぐに分かる。

その年はじめて聞く鳴き声を「忍び音」という。今年の「忍び音」は夜中に聞いた。月が香るけれども、鳴いている姿を確かめることはできない。ホトトギスが夜中に鳴くのは、自分の縄張りを宣言をする習性だから、仕方がない。そのうち昼間に会えると言い聞かせて、眠りについた。

でも、ホトトギスに昼間なかなか会えなかった。一週間が過ぎても見かけなかった。あきらめかけていたら、十日目にやっと姿を見ることができた。望みつづけたら、願いはきっと叶うものだ。

ダイダイ

大きなミカンの木に止まっている。ダイダイのようだが、実はまだ小さい。濃い緑色の固い皮におおわれている。雨上がりなので、水滴がついていて、さわやかな印象をあたえる。

あまり近づきすぎると、ホトトギスが逃げてしまいそうなので、離れたところからじっと見つめる。鳩よりも小さい。頭と背中は灰色で、翼と長い尾は褐色というより、黒に近い。胸と腹は白で、黒い横しまが入っている。ちょっとみたら、波のようにもみえる。目はくりっとしていて、まわりは黄色の線で囲まれている。

鳴いてくれるかと思ったら、全然、鳴かない。どうしたのだろうか。静かに待っていたら、やっと鳴いてくれた。首を横に振りながら鳴いてくれた。これだけで満足だ。今年もホトトギスに会えて、鳴き声が聞けてうれしい。

クチナシ

今日で六月も終わり。小雨がふるなか、新聞受けまで新聞を取りにいく。そのとき、ほのかな甘い香りがただよってくるのに気づく。見わたしてみると、クチナシが一輪だけ、花開こうとしている。濃い緑の葉に隠れているが、固いつぼみから、ほんの少しだけ白い花びらが見える。まるで若い貴婦人が、こちらをのぞいているかのようだ。そこだけが、朝の光に輝いている。

若いころ、ドイツに難民の調査に出かけたことがある。滞在先は決めずに、現地で探す予定にしていた。できるだけ安いホテルを探そうと思っていたら、お城に泊まるのはどうかと誘ってくれる人がいた。

紹介していただいた城主と、交渉することになった。ドイツ各地には、かつて細かな行政区分があり、百を超える城があるそうだ。この城主の城には、十のベッドルー

クチナシ

ムがあり、どちらかといえば小型の城である。城内には、何代にもわたって、野菜をつくり、料理をしてくれる人がいて、部屋の管理などはなにも問題ないと説明があった。お城のなかには、ダンスをするボール・ルームもある。クチナシの花から、このボール・ルームのことが思い浮かんだのだった。もっといえば、社交界にデビューする若い女性がボール・ルームの入り口にたたずんでいるイメージが浮かんだ。美しく着飾った若い女性。社交界にデビューする興奮と緊張。流れてくるワルツのメロディ。

城主との話し合いは、条件が合わず、この城に泊まることはなかった。でも、出かけていって話をしたことは、いい思い出になっている。クチナシの花がきっかけで、このときのことを思い出したのだった。

七月の花

スカシユリ

七月が始まる。川西中学校の外周にスカシユリの園芸品種が咲いている。この花からカサブランカのイメージが浮かび、二つの花の大きさ、色、香りをくらべてみた。カサブランカほどではないが、このスカシユリもかなり大きい。カサブランカが真っ白であるのに対して、こちらは少しくすんだ黄色、承和色《そがいろ》である。香りはカサブランカほど強くはない。

およそ五十センチほど離れたところに、もう一株のスカシユリが咲いている。そよ風が吹くたびに二つのユリが、ソフトにふれあっている。右から左に風が吹けば、右の花が左の花に、やさしくタッチする。左から右に風が吹けば、今度は左の花が右の花に、やさしくタッチする。

スカシユリ

そこへ強い風が吹いてきて、状況が一瞬にして変わる。ボクシングのジャブの応酬のように、はげしい殴りあいになる。「バシッ、バシッ」という派手な音はしないけれども、互いに殴りあう姿をみて、ことばが出ない。

二つの花の様子から、人間の世界のことを思う。殴り合いで、ものごとは解決するだろうか。殴り合いでの解決は、むずかしいのではないだろうか。まず、おだやかに意見をだしあって、双方が話し合いをする。そして、どちらもが納得するまで議論を深める。それから、ウィン・ウィンの形での決着をめざす。どちらかがパワーを使って、話を牛耳るのではない。あきらめて、一方が引き下がるのでもない。議論が深まり、広がりをもつことで、新たな解決策が見いだされるかもしれない。こういう理屈はさておいて、できるだけクールに対処したいものである。

今日、スカシユリを見たのは、このことに気づかせるためだったのだろうか。

トウネズミモチ

松が丘会館に、濃い緑の葉をもつ木があった。二階建ての家より大きい木をながめたら、いつの間にか淡い黄色に変身していた。新芽が出てきたのだろうか。急いで、木の下へ駆けつけた。

新芽ではなく、花が咲いていたのだった。白い小さな花におおわれている。葉をかくしてしまうほどたくさん咲いているので、木の色が変わってみえたのだ。

花を見たら、ピラカンサに似ている。でも、ピラカンサは五月に咲いていた。今は七月のはじめだから、時期がちがう。

この謎は自分の足で確かめよう。ピラカンサが咲いていた所まで、急ぎ足で向かう。こちらには、小さな緑の実が、たくさんついている。ピラカンサではない。

それなら、アカシアの花だろうか。よくみると、花の色がちがう。アカシアは黄色

トウネズミモチ

の花が多いが、公園の花は淡いクリーム色だ。もちろん、白いアカシアもあるが、花の形がちがう。くわしく見れば、花びらの形も、花のつき方もちがう。だから、この花はアカシアでもない。

それならば、ニセアカシアだろうか。これもちがう気がする。ニセアカシアの白い花は、甘い香りがする。ミツバチが好む匂いだ。公園の木は、ゴムを燃やした香りを薄く伸ばしたよう匂いがする。となると、ニセアカシアでもない。

ほかに思いつくのは、先輩からきいたことのあるチシャノキである。とはいえ、実物を見たことは一度もない。写真にとって、川畑美稔子さまにたずねてみた。チシャノキでもなかった。花と葉の色と形、花のつき方などからトウネズミモチだと分かった。やはり先達はあってほしいものである。今日は、花の探偵になったみたいで楽しかった。

タチアオイ

近所の家の庭に、タチアオイが咲いている。すっきりと伸びた姿勢がいい。こういうふうに、背筋を伸ばして歩きたいものだ。

清楚な赤い花が、太陽の光をあびて輝いている。別の角度の花は、おだやかに光を反射して、周りを明るくしている。花の傾きによって、おもむきが変わるのがおもしろい。

タチアオイに出会うと、暑い夏がやってくると、なぜか身がまえてしまう。もちろん、花に罪があるわけではない。タチアオイと暑い季節のイメージがつながっているだけだ。

タチアオイに、なにかいい思い出はなかったか。ひとつだけあった。和歌山城を訪れたことがある。天守閣からすばらしい景色をながめたあとで、紅葉渓庭園へむかう。

タチアオイ

ここに数寄屋造りの茶室「紅松庵《こうしょうあん》」がある。点出《たてだ》しで、お抹茶と季節の和菓子をいただく。花が活けてあり、それがタチアオイではなかったか。

花をしっかりおぼえていないのには訳がある。花を活けてある白埴《しらはに》の瓶《かめ》に魅せられたからである。白埴の瓶は、白い釉薬《ゆうやく》をかけて焼いた瓶である。これを見て、横山大観の絵「飛泉」のイメージが浮かんだ。茶室のなかは、暑い空気がまとわりついているのに、この瓶が滝のようだと思ったとき、空気が冷えた。といっても、急に冷えたのではなく、滝の冷気がじわりじわりと広がる感じで冷えた。

そんなわけで、タチアオイの印象がどこかへ飛んでいってしまった。活けてあったのは、タチアオイだったと思うのだが、今では確かめる術がない。もしかしたら、滝のように見えた瓶も、幻だったのだろうか。そんなはずはない。白埴の瓶から強い印象を受けて、横山大観の名画が、瞼《まぶた》のなかに今でも浮かぶのだから。

ロベリア

青空のなかに黒い雲が張り出してきた。稲光がして、雷が鳴る。今にも雨が降りそうだ。

湿度が高くなった庭で、ロベリアが咲いている。小さい瑠璃色《るりいろ》の花。ワインレッドの幹から、いくつも分かれている薄緑の枝。その枝の一つひとつに咲いている花。五弁の花で、下の三弁は大きく、上の二弁は小さい。ラッパのように見え、上をむいた蝶のようにも見える。シジミ蝶より小さいけれど、存在感があり、心がなごむ。

そこへ、本物の蝶が飛んできた。紋黄蝶《もんきちょう》だ。この蝶は小さいのに、ロベリアと比べると、大きな蝶に見えるからふしぎだ。

ロベリアの花は小さくて、単独ではあまり目立たない。でも、花がまとまると、華やかさが際立つ。見る人の目を引きつけて離さない。

ロベリア

小学校の運動会でみた組体操に似ている。一人ひとりが演技のなかで、重要な要素をになっている。すべての人に役割があり、かけがえのないパートナーになっている。

これは芝居でも同じではないだろうか。芝居で中心をなす人は、主役と呼ばれる。その主役を輝かせる人たちも、きわめて大切だ。主役だけでは芝居は成り立たない。主役は華のある演技をする。周りの人は、主役が輝く演技をする。そうすることで、感動の舞台が生まれる。このことを舞台女優・ラジオのパーソナリティである斉藤幸恵さんから教えていただいた。

ロベリアもそうではないのだろうか。集団で主役を輝かせる道もある。こういう生き方も大切だよ、と示しているのではないか。可憐な花であるロベリアを見ながら、こんなことを考えた。見る人を元気にする素敵な花である。

ゼフィランサス

ある保護者から、いい話を聞いた。この保護者は、ゼフィランサスという名前の花を、プランターで育てている。今年は花が開く時期が遅くて、心配していた。でも昨日、きれいなピンクの花が咲いた。そして、今日、娘さんが派遣社員から正社員になる、との内示を受けたそうである。

ゼフィランサスは、雨の後に咲く花である。保護者の恩師が、こう教えてくれたそうだ。

「この花が咲くと、願いごとが叶う」

恩師のいうことを素直に信じて、子どもの願いがかなうように、花を育てる。こん

ゼフィランサス

な保護者がいるのは、なんと素敵なことだろう。信じることが現実になったのだから。

こういうことを験担《げんかつ》ぎというのだろうか。私の知人に、こんな験担ぎをする人がいる。新しい財布を買ったら、銀行から千円札百枚の帯封つきの札束をおろしてくる。この札束を新しい財布に一晩、入れておく。新しい財布に、本来こういうふうにお金が入っているのが当たり前だと思わせるためだという。将来、もっとお金持ちになったら、百万円の札束を入れると、ほほえみながらいう。

別の人は、家を出るとき、必ず左足から出る。なぜならば、古代ローマの重装歩兵は左手に楯、右手に槍をもっていた。左足から出ると、すぐに右手の槍が使える。右足から出ると、槍を使うのが一歩、遅れる。そこで、なにごとにもすぐに対応できるように、必ず左足から出るという。

ゼフィランサスの花を育てるのと、新しい財布を買った人の行動、左足から家を出る人の行動は、験担ぎとしては違う気がするのだが……。

サルスベリ

ある高校の国語の教員から聞いたことである。


「今日は、俳句の勉強をします」

「先生、俳句って、なんですか」

「俳句は、いくつかのルールにしたがって作ります。まず、五・七・五の十七音にします。次に、季語を句のなかに詠みこみます」

「季語って、なんですか」

「季節を示すことばです。たとえば、校庭に咲いているひまわりとかアマリリスとかを句のなかに入れます」

「先生、できました」

サルスベリ

「おおっ。笑点の圓楽さんのように早いな。どんなのができたの」

「サルスベリ　おお　サルスベリ　サルスベリ」

「……サルスベリの花が、今たしかに咲いているよね。夏の季語でもある」

「それでいいのなら、私もできました」

「どんなのができたの」

「オミナエシ　おお　オミナエシ　オミナエシ」

「俳句について、もう少し説明しますね。松尾芭蕉の句があります。静かさや　岩にしみいる　せみの声。同じ言葉のくり返しではなく、いいたいことを選びましょう」

はじめに「サルスベリ」の句を言ってくれた生徒のおかげで、俳句の授業がとても、盛り上がったそうだ。サルスベリの花を見るたびに、このときの情景を思い出すという。

グラジオラス

さんさんと輝く太陽の光がまぶしいなか、二人の高校生が、校庭で話をしている。

「この前の試験は、どうだった」

「まあまあ、できていた」

「きっと、いい成績だったのだろう」

「予想していたとおりの成績だった。そっちは、どうだった」

「あまりよくなかった。もう少し、がんばらなければ」

「お互いにがんばろう」

「僕たち、高校に入学したとき、成績の差は、ほとんどなかったよね」

「そうだね」

グラジオラス

「どうして、こんなふうに差がついてしまったのだろうか」

「二人の間で差がついたと思ったことは、一度もないよ」

「でも、なにかコツがあるなら、教えてくれ」

「うーん。本当に思い当たることはないのだけれど」

「いや。なにかあるはずだ」

「……考えてみたら、花に水をやるようになったことかな」

「えーっ。花に水をやることで、成績が上がったの」

「うちの家のベランダで、母が花を育てているよね」

「うん。きれいな花が、いつも咲いている」

「うちは共稼ぎだから、頼まれて、僕が水やりをするときもある」

「それが成績と、どうかかわるの」

「ベランダで育てる花だけど、初めのうちはパンジーとか日日草だった」

「うん。かわいらしい花だった」

「今は違う。春はガーベラ、夏はグラジオラスなど、季節の花が咲いている」

「そういえば、季節に合わせて、花をそだてているよね」

「僕は知ってしまった。母は水やりをするとき、花に声をかけている」

「どういうこと」

「すくすく育ってね。きれいな花を見せてね。こんなふうに声をかけている」

「ふうん。そうなの」

「僕もいつしか花に水をやるとき、声をかけていた」

「それでなにかが変わったの」

「花への水やりから、気づいたことがある」

「なにを気づいたの。あーっ。目標と言葉が鍵だといいたいのだね」


こんな話を聞いた後で、あらためてグラジオラスを見つめる。すると、花が階段のように見える。この階段からひらめいたことがある。子育てのひとつのやり方として、子どもにやさしく問いかける。そして、答を見つけようとする子どもをじっと見守る。答が見つからないようなら、別のとらえ方もあるのではと、ヒントを示す。こうして、答を見つけた達成感と、やればできるという自信をもたせる。

それと、もうひとつある。子どもの小さな気づきを見過ごさないで、しっかりほめる。

このように、子どもが階段を一段ずつ登ることで、能力が開花していく。

ヒマワリ

朝からクマゼミの合唱がきこえてくる。ヒマワリが咲いているあたりから、センセンセンあるいはジージーという音がする。うるさいなと思いながら、だんだん目が覚めてきた。起き出して、あらためてヒマワリを見る。夏を代表する花だ。

そこへ小学生の話が聞こえてくる。

「今日の絵日記には、なにを書く」

「絵日記か。ぼくは嫌いなんだ」

「でも、書かなければならないのなら、さっさとすませた方がいいじゃない」

「うーん。いやなことほど、先にやった方がいいか。でも、今朝、食べたスイカのことを書いたら、一行で終わる」

ヒマワリ

「一行で終わるとは、どういうこと」

「スイカを食べたら、おいしかった。これだけ」

「は、は、は。それでは絵日記にならないね」

「うん。ならない」

「だったら、近所に咲いているヒマワリは、どうかな」

「ヒマワリか。ヒマワリなら、一ページ分の絵日記が書けそうだ」

「まず、絵からかこうよ」

「そうだね。花からかく。それとも、茎《くき》からかく」

「花からかく」

「太陽の光をさんさんと受けている花からかくのがいいよね」

マツバボタン

七月も今日で終わり。マツバボタンの近くで、小さい殿さまバッタを見つけた二人の小学生が話をしている。

「この前、信州の親戚の家に行くといってなかった」

「実は、もう行ってきたんだ。きれいな川で泳いだよ。空気の暑さと水の冷たさが、なんともいえない」

「なんだか気持よさそう」

「うん。気持よかった。でもね。飛び込みをして、頭を岩にぶつけた子がいた。傷はたいしたことなかったけれども、血が出たことにおどろいて、親の所へ走って行った」

マツバボタン

「それは大変だ」

「治療した親が、子どもにこんなことをいっていた」

「どんなことをいっていたの」

「できるだけ、ケガをしないように気をつけるんだよ。子どもがケガをすると、親はとても心配するからね」

「これを聞いて、ぼくも気をつけようと思った」

「ほかに、なにかしたことはあるの」

「うん。ある。親戚の家の庭にあったマツバボタンの手入れをしたよ」

「へぇ。どんな花なの」

「ほら。ここにもある赤い小さな花。病気を予防するために、枯れた花を毎日とりのぞいた。そうすることで、勢いのある花を、いつも見ることができたよ」

八月の花

ゼラニウム

八月七日。立秋。玄関においてある植木鉢に、三種類のゼラニウムが咲いている。カリエンテ、コンテッサ、テンプラーノという種類である。五弁の花が一組だったり、多数だったりするが、いずれも赤い可憐な花である。

この花を見ていて、ドイツを旅行したときのことが思い浮かんだ。ドイツの古城街道にあるローテンブルクでもハイデルベルクでも、ゼラニウムが窓辺を飾っていた。とがった屋根をもつある四階建ての家では、すべての窓で、この花が咲いていた。黄土色の壁、白い窓枠、赤いゼラニウム。このコントラストが目にやさしい。中世の家が、人びとを歓迎しているかのようだ。

ゼラニウムは乾燥に強い花で、日当たりを好む。逆にいうと、水のやりすぎと日陰

ゼラニウム

を嫌う。こういう性質から、保護者のなかには、自分の子どもが日の当たる場所を歩むようにと、この花を咲かせるのに情熱を傾ける人もいる。

ドイツ人から、いい話を聞いたと思い、日本に帰ってきた。そうしたら、日本でも、このことを知っている人がいた。世界は狭いというべきか。あるいは、子どもを思う親の気持ちは、世界共通だというべきか。

ゼラニウムの花ことばは「安楽な生活」である。これに近いドイツ語はゲミュートリヒである。居心地がよく寛いだ気分という意味である。私たちは、安楽な生活をめざすべきだろうか。それとも、居心地がよく寛いだ生活を目標とすべきだろうか。

玄関にある三種類のゼラニウムを、ふたたびながめる。きれいな花を見ていたら、安楽な生活にこだわる必要はない。居心地がよく寛いだ生活を楽しんでといわれた気がした。

アサガオ

昨年、アサガオの苗を買ってきて、植木鉢に植え替えた。そうしたら、ピンク色のアサガオがたくさん咲いた。より正確にいえば、桃染《ももぞめ》より淡く、桜色より濃い。目にやさしいこのアサガオを見て、毎朝うっとりとほほえんでいた。花が終わった後で、たくさんの種がとれた。

実は、失敗したことがひとつある。アサガオの苗の大きさから判断して、小さめの植木鉢に植え替えたことである。苗が成長したら、雨戸ほどの大きさになるとは想像もしなかった。途中で植え替えて、枯らしてしまうのを恐れて、植え替えができなかった。

今年は前年の失敗をくり返さずに、種から育ててみようと決めた。プランターに腐葉土と肥料を入れて、種をまいた。一週間ほどで、双葉の芽が出てきた。土から芽が

アサガオ

出て、「こんにちは」と挨拶してくれたように感じた。こちらも、「一緒にいい花を咲かせよう」と、挨拶を返した。

土の状態を見て、朝夕に水やりをする。毎日、少しずつ伸びてくる。雑草も伸びてくるので、こちらは一本ずつ引きぬく。本葉が三枚になったので、植え替える。蔓《つる》が伸びてくるので、ネットを張って、それに這わせる。朝、見たら、蔓同士が絡み合っている。このときは、ていねいに蔓をはずして、それぞれ違う方向へ伸ばしていく。

四週間たったので、摘芯《てきしん》をする。摘芯というのは、アサガオの太い茎の先端を摘み取ることである。こうすることで、太い茎の横から他の芽が育つようになる。

ついに、花が開く。去年より花の数は多い。ただ、一つひとつの花は、ほんの少し小さい。それでも、去年とくらべて、花が横にも広がってついているので、満足している。

タカサゴユリ

八月十一日。山の日。雲の峰を見ながら、散歩をする。この時に、意外なところで白百合を見つけた。ある家のご主人は、病気で長い間、入院している。息子さんたちは、全員が東京で暮らしている。したがって、関西にあるその家には、誰も住んでいない。その家の玄関脇に、排水口がある。その排水口のところに、大きな白百合が、二輪、咲いている。よく見たら、タカサゴユリだ。その家は無人なので、家の人が植えたわけではない。それなのに、突然、白百合が出現した。

この種は、どこから来たのだろうか。白百合は花が咲いた後で、大きな鞘のようなものができる。この鞘の中にたくさんの種が詰まっている。この種を取り出して播くことで、株を増やすことができる。このような仕組みは、理屈では分かっている。鳥が、この玄関口まで、種を運んできたのだろうか。風に乗って、飛んできたのだろうか。

タカサゴユリ

おそらく後者だろう。

数年前に、青山高原を旅しているときにも、白百合の群生を見たことがある。高原の広い範囲に誰かが植えたとは思えなかった。今回と同じ謎である。謎ときはできないが、白百合の花ことばである「威厳」「純粋」「無垢」を思いついただけで、いいとしよう。

その夜、露天風呂に入っていて、流れ星を見た。子どものころ、流れ星をみている間に三回、唱えたら、願いがかなうと聞いていた。でも、「あっ、流れ星」といっている間に、消えてしまった。流れ星が、はかなく消えてしまう間に、三回も願いを唱えるなんて、できない。

白百合、流れ星、幼いころの思い出と、記憶がよみがえってきた。このような連想記憶は、日常生活や学習面において大いに役に立つ。つながる記憶を大切にしよう。

ローズマリー

兵庫県川西市にフランス料理のレストラン「カリヨン」がある。フランス語で「鐘」という意味である。カリヨンと聞くと、セルゲイ・ラフマニノフのもっとも有名なピアノ曲のひとつである「前奏曲　嬰ハ短調」作品3－2を思いつく。全部で五曲からなる《幻想的小品集》に収録されている。

この曲の冒頭に、鐘の音が響く。一つの音のように聞こえるが、よく聴くと、そうではない。ピアニストが、いくつもの鍵盤を同時にたたいていて、違う音階の音が同時に響いているのだ。CDで聴いているときには、このような細かいことまでは分からなかった。コンサートに行って、指の運びをみて、初めて分かった。この指の運びから、作曲をしたラフマニノフは天才だと思った。

レストラン「カリヨン」にも、似たところがある。このお店では、素材をうまく組

ローズマリー

み合わせて、素敵な料理をつくっている。たとえば、男爵芋と長ねぎのスープは絶品であり、おいしさと栄養で命が延びる気がする。同じ材料を使って、別の人がつくっても、決して同じ味にはならないだろう。そこには、天才的ななんらかの秘訣が隠されている。

先日、ここでチキンのローストをいただいた。鶏肉のローストに、ローズマリーの小さな葉をそえてある。針のような形をしたさわやかな緑の葉が、白い皿の上に乗せてある。この花は、摘んだだけで、指先に香りが残るほどなので、レストラン全体が、ほんのりとしたいい香りにつつまれている。ローズマリーは血行をうながし、消化機能を高める。さらに、細胞の老化を防止する抗酸化作用もある。このレストラン「カリヨン」で、若返る料理をいただいたことに感謝した。

ノウゼンカズラ

八月も半ばになり、華やかなオレンジ色のノウゼンカズラが咲いている。この花は、繁殖力が旺盛で、植えかえてもよく根づくし、ツルがどんどん伸びていく。毎年、この木が大きく拡がり過ぎて困っている。

漢字で書いたこの花の名前「凌霄花《りょうしょうか》」がおもしろい。ツルが木にまとわりつき、空を凌《しの》ぐほど高く伸びる花という意味である。この花から、元気いっぱいに駆け回る子どもたちを連想する。細かいことにはこだわらず、グループで遊んでいるイメージが浮かぶ。

かなり前にテレビで、「愛染かつら」という日本映画を見たことがある。津村病院に勤務する看護師、高石かつ枝と病院長の息子、津村浩三のラブ・ストーリーである。かつ枝は十七歳の時に結婚して、一子をもうけたが、夫とは死別し、病院で働くこと

ノウゼンカズラ

になる。二人はその後、誤解とすれ違いをくり返す。後に、作曲家としてデビューすることになったかつ枝は、浩三と再会し、ようやく結ばれる。

この映画の内容と、タイトルとがどうしても結びつかず、気になったままだった。インターネットでノウゼンカズラを調べているときに、偶然それが分かった。「愛染かつら」とは、大阪市天王寺区の愛染堂勝曼院の境内にある桂の木のことだった。桂の大木にノウゼンカズラが絡みついた木が祀られている。小説家の川口松太郎が、この近くに住んでいて、『愛染かつら』のモデルとなった縁結びの霊木「愛染かつら」を題材にしたのだった。この霊木の前で愛を語り合った男女には、何があっても幸せな結末が訪れるという伝説が残っている。この境内には行ったことがある。そのときは、聖徳太子が勝曼経《しょうまんぎょう》を講じた寺院であることしか意識になかった。ここに縁結びの霊木があるとは、思いもしなかった。

ホウセンカ

ホウセンカの種がはじける季節になった。先日まで、赤い花が咲いていたのに、もう夏も終わりなのだ。空を見上げると、入道雲と巻雲が同時にある。このように、夏の雲と秋の雲が同時にあるのを「ゆきあいの空」という。この空模様から藤原敏行の歌を思いだす。

秋きぬと目にはさやかに見えねども風の音にぞおどろかれぬる

（『古今和歌集』 岩波文庫）

古語の「おどろく」は、現代語で「気づく」ことである。秋がきたと目にははっきりと見えないが、風の音に自然と気づいてしまった。季節の変化は、風のように見え

ホウセンカ

ないものもあるが、雲のように目に見えるものもある。

あらためて空を見上げる。巻雲がほんの少しずつ動いている。ゆれているようにもみえる。空の上で風が吹いている。しばらくすると、雲の動きが止まる。風が止んだのだ。頭の上の雲を重く感じて、少し息苦しさをおぼえる。

ふたたび雲が動きはじめた。頭の後ろから前へ動いていくので、縦の線のようにみえる。まるで、祖先から自分への命のつながりのようだ。今、ここにある命は、伝えられてきたからこそあるのだ。この体をおろそかにしてはならない。

縦へのつながりである命への信頼と同時に、横への広がりもみるべきだろう。別のことばでいえば、連帯といえる。家族あるいは近くにいる仲間と手を取りあおう。

ホウセンカから雲の移り変わり、命への信頼、人との連帯へと思いがつながった。

ノリウツギ

八月も終わりに近づき、少し涼しくなってきた。これまで毎日、午前中はクマゼミ、午後はアブラゼミの大合唱が続いていた。今日、初めてツクツクホウシの鳴き声をきく。名前のとおり、「ツクツクホウシ、ツクツクホウシ」と鳴く。秋が近づくサインだ。小学生のころ、このセミが鳴き始めると、夏休みが残り少なくなったと、残念に思ったことを覚えている。

鳴いているセミを探してみる。ツクツクホウシは、鳴きつづけるわけではないから、鳴いてる間だけ、目を凝らして探す。鳴きやんだら、こちらも休む。これを数度くり返した後で、ついに見つける。

ノリウツギの枝で鳴いている。この花は、白い小さな花が集まって、花穂を形づくっている。一つひとつの花は、五弁の花びらからなっていて、ぱっと見たら、紋白蝶

ノリウツギ

のように見える。蝶がいくつも重なっているように見えるので、ツクツクホウシを見つけにくいはずだ。

よく見たら、花だけでなく、葉も重なっているから、見つけるのに時間がかかったのだ。このセミは、花と葉の間をどのように抜けて、あの枝まで達したのだろうか。もっといえば、どこまで飛んだ後で歩いて、あの場所にいたったのだろうか。

セミがことばを話せたら、聞いてみたいものだ。鳴くことができる安全な場所を確保するために、どう動いたのだろうか。目標に意識を集中すると実現する、といったりするだろうか。こんな空想をしてみた。空想でありながら、ありえるのではと思い、ほほえんでいた。

ミンミンゼミ

岡山県津山市の鶴山公園をたずねる。国指定重要文化財の津山城跡である。明治七年、廃城令によって津山城は取り壊された。再建された備中櫓や残された石垣からみて、相当に大きい城であったことが分かる。

桜やカエデなど、セミの好きな木が、この公園にはたくさんある。これらの木の横を通ると、ミンミンゼミの合唱が聞こえてくる。セミは暑さに弱いと聞いている。今は八月の終わりだから、セミにとって過ごしやすい時期になったのだろうか。

ここで驚いたのは、耳をふさぎたくなるくらい大きな声でなくことである。ミーンミンミンミンミンミンミーとなく。あるいは、ミンミンミンミンミーとなく。この声があまりにも大きいため、強烈なノイズとなり、逃げだしたくなる。

もうひとつ気になることがあった。石垣は三層に分かれている。もっとも低い層、

桜の木

真ん中の層、もっとも高い層がある。この層の違いによって、セミのなきごえのキーが違う。低い層ほどキーが低く、高い層ほどキーが高い。

単なる勘違いではないかと、はじめは思った。そこで、何度も行きつ戻りつして確かめてみた。やはり、城跡で高い場所のセミほど、キーが高い。この鶴山公園だけで、断定することはできないので、ひとつの仮説としておきたい。

次に、衆楽園へと向かう。ここで先ほどの仮説を確かめようと思った。門をくぐると、小さな川がある。小道を進んでいくと、急に大きな池があらわれた。蓮池だ。池の中に四つの島がある。これらを順にたずねていくが、ミンミンゼミの声がしない。まったくしない。平地にある公園だからなのか。仮説の検証は、できないままに終わった。

ツユクサ

丘を歩いていると、熱気が肌を包みこむ。すずしい風がときどき吹くが、まったく役に立たない。草原が、目の前にあらわれてきた。五十センチほどの夏草が、一面に生い茂っている。この夏草が私を呼んでいる感覚に襲われた。なぜなのだろうか。こんな経験は、これまで一度もなかったのに。

まるで夏草が、「おいで、おいで」と招いているように動く。たんなる風のいたずらだろう。でも、心の中でなにかが訴えている。柔らかい夏草にジャンプしたら、といざなわれている気がした。夏草をじっと見つめる。しなやかな草ばかりだ。ススキのように肌を傷つける草はない。

なにかに引きずられるように、夏草に向かってジャンプする。バンザイをした形で飛びこむ。体が草のなかにめり込む。しばらくして、起きあがる。バンザイの形に、

ツユクサ

草がへこんでいる。へこんだ縁の外側に、ツユクサが咲いている。可憐な青い花をつぶさなくてよかった。こう思ったら、なぜか爽快な気持になった。

なぜだろう。少年のころ、私は「作られたよい子」だった。大人の言うことをよく聞く「よい子」だった。

「これはしていいが、あれはダメ」

「はい。分かりました」

私の人生は、このくりかえしだったような気がする。この殻を破りたいのだろうか。思い切って、夏草にジャンプした。全身が草の香りに包まれた。目を上げると、ツユクサが見えた。この青い花がやさしさの象徴のようで、夏がゆく日に、少年期の思い出と決別する。

ヤマモモ

暑かった八月も今日で終わり。ヤマモモの実が色づいている。初めは緑色の小さな実だった。それが、だんだん大きくなり、ピンク色に染まっていく。さらに、オレンジ色から真っ赤になり、完熟するとダークレッドになる。もうすぐ食べごろになると期待していた。

そうしたら、はげしい雨風で、ほとんどの実が落ちてしまった。かなりの数が地面に落ちて、泥まみれになっている。自然現象なので仕方がない。

もうすぐ食べごろだと思っていたので、とても残念。果実のほんの少しの甘さと酸っぱさを、今年も経験できるはずだった。食べることができないとなると、なお一層、食べたくなる。ほんの一つか二つの実でよかったのに。

そういえば、どこかでヤマモモの実のジャムを食べたことがあった。どこだったか

ヤマモモ

な。うーん。うーん。そうだ。高知大学に講義に行っての帰りに、市内で買い求めたのだった。次に、高知へ行く機会に必ず買い求めよう。

ヤマモモの実のジャムは、言葉では表現しにくい。甘さがある。酸っぱさもある。それがミックスして、なんともいえないいい味になっている。ほかの果物で、あれに似た味はない。ヤマモモ独自の味としか言いようがない。一度、食べたら、忘れられない味だ。

それにしても、収穫の直前にダメになるのは、人生の縮図のように思えた。無常という言葉が思い浮かんだ。人生のはかなさについて考え始めたが、すぐに止めた。人生のはかなさを考えるのは悪いことではない。でも、思った。それよりも、柔らかく、温かい手触りの社会をめざす方法を考えるのがよいのではないか。

来年のヤマモモに期待しよう。きっと出会えると信じて待つことにしよう。

第三章　秋の雨

キク

九月の花

ヤマボウシ

今日から九月。近所の駐車場に一本の木がある。植えられたときは、あまりに小さくて、気にもとめなかった。月日が経つにつれて、少しずつ大きくなっていき、今では、四メートルほどの高さがある。

これほどの高さになっても、まったく目立たなかった。ところが、今年になって、初めて花のようなものが目についた。知人にたずねたら、花ではなく、花のつけ根の葉だという。そこで、この木がヤマボウシであることに気づいた。はじめは緑の葉の部分が多かったが、しばらくすると、白い葉が木のほとんどをおおってしまった。目立たなかった子どもが、華やかな舞台にデビューしたかのようである。

七月から二か月近くもこの状態が続いている。白い葉が出てくるまでの長い期間を

ヤマボウシ

待った人だけが、この「花」を楽しむことができる。人生のご褒美を手に入れたみたいだ。

韓国の人と、このヤマボウシをめぐって話をしたことがある。隣国の人も、この木がとても好きで、「山ぼうしの花さいた」という韓国料理のレストランもあるくらいだ。

初めて、韓国を訪れたときは、下関から釜山へのフェリーを利用した。船のなかで一晩を過ごし、翌朝、釜山の景色を見て、おどろいた。山の中腹までビルがあり、そのうえには木がないようにみえたから。この景色をみて、外国へきたと実感した。

釜山から高速バスで、新羅の古都である慶州へ移動する。仏国寺で仏教芸術の精華を見る。日本の仏教寺院が、韓国から大きな影響を受けていることが分かる。ここで、ヤマボウシに出会った。自然のありようと文化の恩恵への思いを凝《こ》らす旅になった。

オシロイバナ

裏庭にある珊瑚樹をなんとなく眺めていた。さわさわと揺れ動く濃い緑の葉と茶色の枝が、いつもの所にある。そこへ突然、メタリックな青い色の小動物があらわれた。小さいトカゲだ。成体になったら、褐色の皮膚になるが、そこまでは成長していない。輝くような青い尾が目に焼きついて、忘れられない。

トカゲが通りすぎた先に、オシロイバナが咲いている。トカゲが通らなければ、この花を見ることはなかっただろう。見過ごしてしまいそうな目立たない花である。黄緑の葉っぱの中から、ラッパのような形の花が突き出ている。花の色は濃いピンクといったらいいだろうか。ちょっとみたら、ツツジを小さくしたようにも見える。

花が咲いたら、オシロイバナは、やがて黒い実をつける。これを割ると、白い粉があらわれ、おしろいに似ているので、この名がつけられた。子どものころ、ままごと

オシロイバナ

遊びで、女の子がこれを顔につけていたのを思い出す。

ある女の子は、黒い実を宝石箱の中に大切にしまっていた。そして、親友である子にだけ、この実を分けていた。一人に三個ずつ、ていねいに数えながら渡していた。女の子にとって、お化粧の道具は、それほど価値があるものか、と感心した。

男の子は、この黒い実にほとんど関心がない。ただ、花が開く時間だけがふしぎだった。午前中は花がしぼんでいて、夕方四時ごろから開きはじめる。変な花、不思議な花といいあったものだった。女の子と男の子で、関心をもつところがちがうのをはじめて意識した花でもある。

夏の間、途切れることなく咲き続けるので、忘れられない花でもある。

落ち葉の運動会

外に出ると、さわやかの空気が、体を包んでくれる。つい先日までは、熱気が体を取り巻いたものだった。体のセンサーで、夏が去ったというたしかな感じがある。目の前を飛び回る秋あかね。すんだ空気のなかで急旋回するシオカラトンボ。透明な羽から透けて見える青空。その青空に浮かぶ白い雲。綿菓子のような形の雲。まるでメルヘンの世界に迷い込んだ気分。

八阪神社の近くに公園がある。ブランコが新しくなり、「乗って乗って」とさそっているかのようだ。つい、ふらふらとブランコに乗る。四つ並んでいるうちの奥から二番目に乗る。無意識のうちに、このブランコを選んでいた。なにか訳があるはずだ。考えてみたら、手前の二つのブランコには、日が当たっている。奥の二つは、木の陰になっている。太陽が当たらない方を選んだわけだ。まだ、夏の気分がぬけていない。

落ち葉

ブランコをこぐ。およそ三十回こいだときに、さわやかな風が吹いてきた。風にあおられて、落ち葉が、地面の上で、かけっこを始めた。

緑の落ち葉。黄色の落ち葉。柿色の落ち葉。これらが、くるくる回りながら走っていく。直線コースをはしっていたのに、風向きが変わったのか、一斉にコーナーを曲がりだした。

緑の落ち葉が先頭を走っている。それを黄色の落ち葉が追いかけている。どうしたのだろうか。一番後ろを走っていた柿色の落ち葉が、黄色の落ち葉を追いこして、そのまま二位でゴールインした。

わずかな中断の後で、次のレースが始まった。そこへ、小さな秋田犬がやってきて、レースを邪魔してしまった。落ち葉のレースを最後まで見ることができずに、残念。

コスモス

霧がほのかに立ちこめるなか、公園のあちらこちらで、コスモスが咲いている。風に揺れるピンクや白のコスモスを見て、子どものころを思い浮かべた。あのころは、「待ち人がくる、こない」と花びらをむしりながら、罪のない占いをしていた。

高校生に聞いてみると、彼らの多くは、コスモスが好きである。その理由が三つある。一つ目は、この花で占いをした思い出によって。二つ目は、おだやかな色合いが心を落ちつかせるから。三つ目は、この花をめぐって、親子で話をした記憶があるから。

たとえば、こういう会話があったそうだ。

「青空の下で、コスモスが揺れているわね」

「天気がいいし、花もきれい」

コスモス

「コスモスは、ギリシア語で『美』を表すのよ」

「『美』というのは、なに」

「ごめん。むずかしいことばを使ったわね。美しいということよ」

「ここにあるコスモスを見ると、たしかに美しい」

「ヨーロッパの人は、この花が美しいと感じたのね」

「なるほど」

「大きくなったときのために、コスモスの花ことばをひとつ覚えておいてね」

「どんな意味があるの」

「赤いコスモスは、愛情という意味があるのよ」

こんな話が印象に残り、親子の間での暖かい思い出になっている、という。

モウソウチクとヒガンバナ

九月十八日。敬老の日。昨夜、台風が通り過ぎた。強い風が吹き、大雨が降った。今朝は、山の端に夏雲が残っているが、ぬけるような青空である。やはり、雨の日よりも、晴れの日の方が気持いい。

近所のおじいさんは、台風で痛めつけられた庭木の修復をしている。おばあさんは、大量の落ち葉をほうきで集めている。幼い小学生と母親は、犬を散歩させている。

市役所の掲示板を見る。三枚のポスターのうち、二枚は張りついたままだ。でも、もっとも大きい落語会の案内は、はずれかかっていて、今にも落ちそうだ。

竹林を通りかかる。モウソウチクの一角が、ひどい被害にあっている。およそ五メートルほどの高さで、一斉に折れている。おそらく、ここが風の通り道だったのだろう。突風が吹き抜けて、竹を折っていったのだ。愕然《がくぜん》とする。

ヒガンバナ

道路を隔てて、一軒の家がある。ここの庭に、ヒガンバナが咲いている。どうしたことだろう。折れた竹と、ほぼ同じ高さのところにあるのに、一本の花も折れていない。一片の花びらすら落ちていない。なんという不思議さ。

まさか、こちらが彼岸で、向こうが此岸なのだろうか。ヒガンバナの方が彼岸であり、モウソウチクの方が此岸であるように見える。弱々しいヒガンバナが無傷なのに、豪気なモウソウチクが折れているから。

此岸は、私たちの住んでいる世界、欲や煩悩《ぼんのう》にまみれた世界である。それに対して、彼岸は、人びとが欲や煩悩から解放された世界である。此岸から彼岸へ渡ることの大切さを、台風が示してくれたのだろうか。

アケビ

しっとりと美しい秋になった。知り合いから山の幸「アケビ」をいただいた。青と灰色が混じったような厚い皮のなかに、黒い種を包んだゼリー状のものがある。口にくわえてみると、ほんのりとした甘さがある。この甘さから、子どものころを思いだした。兄弟で、アケビを探した。大きな柿の木で、よく見つけたものだった。紅葉していたまわりの木まで、記憶が戻ってきた。まるで、過去の時代へタイムスリップしたみたいだ。

食をテーマにして、高校生と話し合いをすることがある。おいしいものを食べた話を聞く。子どものときに食べた幸せな記憶は、生徒たちに精神安定剤のような役割を果たす。珍しい食べ物の話もある。たとえば、はちのこを食べた話は、クラスの仲間に受けた。料理をするときの失敗談は笑いをさそった。ある生徒は、砂糖の代わりに、

アケビ

まちがえて塩を入れた話をしてくれた。彼女の家では、同じ形の容器に砂糖と塩が入れてあるそうだ。

ほとんどの生徒が、積極的に前にでて、食べ物の話をしてくれる。自分が経験したことを話して、クラスの仲間に受けると、また話をしたくなる。コントを演じているみたいで、受けたら喜び、受けなかったら、悔しがっている。

クラスだけでなく、家でも、食べ物の話をする機会を設けたら、子どもの成長につながる。特別なレストランに行く必要はない。「五分間のいい話」の話題になればいい。話の切り口は、聞く人に意外な思いをさせることである。ごくありきたりな話と思わせておいて、期待を裏切ることが、受ける話のコツである。こうして、コミュニケーションの技術が、いつのまにか身についていく。

それにしても、都会の高校生は、アケビを知らない。見たこともないから仕方がないか。私の「アケビ」をめぐる話は、受けなかった。

キク（菊）

朝露が降りた大輪の菊が、見事に咲いている。黄色の菊だが、鬱金色《うこんいろ》より黄檗色《おうばくいろ》に近い。花の直径は二十センチ近くある。三本仕立てで、一本の苗から三本の枝を伸ばし、支柱で支えている。直立させた三本の枝に、一輪ずつ花をつけている。もっとも高い枝を「天」といい、残りの二本を「地」と「人」という。

こんなことを教えてくれたのは、中学の同級生の母親だった。山に入って、腐葉土を集める手伝いをした。それだけなのに、花の咲くころに招いて、見事な菊を見せてくれた。

当時は、菊づくりにどれだけ手間がかかるか知らなかった。土作り、苗植え、剪定《せんてい》、水やり、もちろん肥料も与えなければならない。愛情をこめて育ててきたからこそ、すばらしい菊に出会うことができる。みんなに笑顔をもたらすことができる。

キク

目の前にある大輪の菊を咲かせるには、相当な手間がかかっている。情熱をもって育てているはずだ。菊づくりに心をこめて取りくんだ成果が、今、目の前にある。

菊をラテン語でなんというか、度忘れしてしまった。しばらくして、クリサンセマムだと思いあたった。ギリシア語のクリソ「黄金の」とアンセモン「花」に由来する。黄金の花が元の意味だが、黄色い花が多いことによる。

でも、ギリシアに行ったとき、菊はまったく見かけなかった。九月という季節のせいか。それとも、アテネやエーゲ海周辺は、菊に適していない土地なのか。あるいは、地中海性気候で、夏は日ざしが強く、乾燥するせいだろうか。

見かけたのは、真っ青な海と、枯れかけた夏草。これらの景色をながめて、古代ギリシアの歴史と哲学を想い起こしていた。いい旅になった。

ケイトウとハゲイトウ

人には、それぞれ思いこみがある。私の場合、ケイトウとハゲイトウは同じ花だと思っていた。母は生け花をたしなみ、自分で花を育てていた。母が育てていたのは、ハゲイトウだった。これをケイトウだと思いこんでいた。

大学院生のとき、表千家の茶道を習っていた。お点前の練習が終わって、師匠の吉田多美甫先生と話をしていた。季節の花であるケイトウの話になった。二人で、花の特徴について話し合ったが、どういうわけかかみ合わない。

師匠はケイトウの話をし、私はハゲイトウの話をしていたのだった。やがて、師匠が気づいた。

「あなたが言っているのは、ハゲイトウのことではないかしら」

ケイトウ

「そうです。ハゲイトウのことです」

「話がかみ合わない理由がわかったわ」

「どういうことでしょうか」

「ハゲイトウという花のほかに、ケイトウというのもあるの」

「えーっ。そうなのですか」

「ハゲイトウの葉は、笹の葉のような形をしている。先がとがっていて、平たく細長い形よね。初めは緑色だけれども、夏の終わりごろから色づきはじめる」

「そうです。母が育てていましたので、よく知っています」

「ケイトウは、花が鳥の頭に似ているから、こうよばれるの」

「ハゲイトウとケイトウは、まったく別の花ですか。知らなかった。恥ずかしい」

スイフヨウ

近所の家の庭に、スイフヨウが咲いている。白いフヨウの花が時間とともに、ピンク色に変わっていく。注意して見ていると、花の一部がピンク色に染まり、その範囲が広がっていく。端からとか、真ん中からという決まりがあるわけではない。花のなかのある部分がピンク色になり、そこから範囲が広がっていく。

白からピンクに色が変わっていく様子が、お酒を飲んで酔っていくように見える。このような現象から、スイフヨウ（酔芙蓉）という名前がついた。うまい名前をつけたものだ。

芙蓉の花ことばは「繊細な美」あるいは「しとやかな恋人」である。これは、花の姿から素直に連想される。いつまでも見ていたい気持ちにさせる花である。

ふと思ったのだが、旅人だったら、この花をじっと見ているだろうか。そんなこと

スイフヨウ

はあるまい。旅人の目的は、花を見ることではない。たとえ、見るとしても偶然、花が目につくだけだろう。こんなことを考えたのは、若山牧水の歌が思い浮かんだからである。

旅人は伏目にすぐる町はづれ白壁ぞひに咲く芙蓉かな

（伊藤一彦編『若山牧水歌集』岩波文庫）

このなかの「伏目」と「町はづれ」ということばから、一見すると、もの悲しい印象が伝わってくる。でも、この花が酔芙蓉なら、花の色は咲き始めなら白で、時が経てばピンクである。牧水と小枝子の恋が成就へとむかう過程を詠んだ「海の声」に、この歌は収録されている。だから、花の色はピンクではないか、とひそかに思っている。

ダリア

芙蓉には、白い花のシロバナフヨウと赤い花のベニバナフヨウとがある。両方とも一重の花であるが、酔芙蓉は八重咲きである。芙蓉の花は三種類あり、ちがいが分かるかなと、子どもに聞いてみるのもいい。

花を育てるのが趣味だった母は、一重と八重の違いを、この花で教えてくれた。耳で聞いただけでは理解しがたい。でも、実物を目の前に示されると、違いがよく分かる。

花には種類がある。季節によって、花の咲く時期が違う。同じ花でも、色が違うものもある。花のあれこれを教えてもらったことを、大きくなってから感謝している。このときの情景を思い出すと、心が温かくなる。

私たち子どもが花を好きになったのは、まちがいなく母のせいである。生け花をたしなむ母は、小さな庭で花を育てていた。暑い時の花、寒い時の花を今でも思いだす。

ダリア

母はめったに怒らない人だったが、殿様バッタがダリアの花を食べるのだけは、怒っていた。大きいバッタが、ダリアの花を食べ尽くしていく。バッタを退治するようにたのまれたが、なかなか駆除できなかった。

棒で追い払うのだが、いつのまにかダリアのところに戻ってくる。そして、ふたたび花を食べ始める。私たち兄弟は、花を守る戦いを続けた。

殿様バッタが、ときには反撃をしてくる。バッタが私たちの指にかみつくことがあった。痛くはないけれども、気持ちが悪かった。

このように、芙蓉の花から、子どものころを思いだした。経済的な悩み、人間関係の悩みではない。虫との戦いだから、平和な時代だった。

ムクゲ

九月二十二日。秋分の日。家族でハイキングに行く。汗ばみながら、丘のてっぺんにたどりつく。ここでは、ほぼ三六〇度、周りを見渡すことができる。すぐに目についたのは、巻雲である。雲の仲間のなかで、もっとも高いところにできる。ハケで掃いたように見えることから、すじ雲とも呼ばれる。この雲をみると、季節は秋になったことが分かる。

美しい雲を見たことで、なんとなく心が軽やかになる。どうして、こうなるのだろうか。空が高く透明になり、夏の暑さと荒々しさから解放されるせいではないだろうか。

子どもと、こんな話をした。

「青い空と白い雲を見て、どう思う」

ムクゲ

「きれい。心が洗われるような気がする。海の青さもいいけど、空の青さもいい」

「おおっ。まるで詩のような表現だね」

「なんだか照れるな」

「雲の動きを見ていると、なんでもできてしまう気がするよね」

「うん。後片付けをこんなスピードでやれたら、いい。ついでに、勉強もね」

「勉強は、ついでなの」

「そうだよ」

「あそこにムクゲの花が咲いている。白い花びらのなかにある赤い模様がいいね」

「うん。バラ色に黄色のムクゲの方は、さわやかな感じがする」

「花の枝に止まっているナナホシテントウが、風でゆれている。かわいい」

「あっ。今、風が口の中に入った。なんだか幸せな気分になってきた」

十月の花

ドングリ

今日から十月、神無月である。八阪神社の境内を歩いていたら、桜の落ち葉の上に、ドングリを見つけた。よく見ると、唐茶色《からちゃいろ》のところと樺茶色《かばちゃいろ》のところがある。九月半ばの台風のときは、帽子がついたままのドングリが落ちていた。暴風で無理やり落とされたものだった。今回はちがう。自然に落ちたものだ。帽子がなく、実だけが落ちている。それを手にもち、そっとなでると、なんだかうれしくなる。神からの贈り物のようでもある。「神のいない月に、神からの贈り物」こういって、くすりと笑ってしまう。

ドングリを一つ見つけたのだから、もっとあるのではと思って、探す。見つけた。二つ目だ。そういえば「2」という数字は、世界で最初につくられた数字である。そ

ドングリ

れまでは、「一つ」と「たくさん」といういい方をしていた。この「たくさん」を分ける必要がでてきて、「2」という数字ができた。これは、世界で共通だと、数学史の本にあった。

もっと探そう。見つけた。これで三つだ。トリオになった。ラテン語でトリは「3」を表わす。三といえば、ピアノ三重奏曲がある。なにがいいか。チャイコフスキーの「偉大な芸術家の思い出」がいい。家に帰ったら、聴くことにしよう。

まだあるかな。四つ目を見つけた。弦楽四重奏曲は名曲が多すぎて迷う。今日は、バルトークの第三番、第四番、第五番を聴くことにしよう。聴いてみると、むずかしいと思うかもしれない。でも、ときどきハンガリーの民謡が聴こえてきたりして、おもしろい。

もっとあるかな。あった。五つ目を拾う。このとき、五徳（仁、義、礼、智、信）のことを思いだす。今日は、ドングリといういい贈り物をいただいた。

クイーン・ネックレス

枚方市にあるタナカ整骨院に出向く。腰の調子を整えるためである。待合室に入ったら、素敵な花が活けてあった。

まず、ストレリチアが目に飛びこんでくる。極楽鳥という名前をもつ花だけあって、とても目立つ。あざやかなオレンジ色と青竹色のコントラストが強烈だ。

ストレリチアの手前に、小さな白バラをあしらってある。まだ、つぼみだから、乳白色のボールのように見える。

白バラは美しい。他の花と合わせても、お互いが引き立つ。ひとつは、パステル調の淡い色でそろえるという手がある。もうひとつは、同じ白系統のスズランなどとの組み合わせもいい。

こういうイメージがあったので、白バラとストレリチアとの組み合わせには、意表

クイーン・ネックレス

をつかれた。派手な花と清楚な花の組み合わせだから、合わないと思った。そこに、もうひとつ、クイーン・ネックレスが活けてある。こちらもまだつぼみなので、濃いピンクのボールのように見える。ピンクのボールと白いボール、なんとなくいい組み合わせだ。この二つの花の間で、ストレリチアは自己主張を押さえて、ほどよく調和がとれている。クイーン・ネックレスがポイントだと納得した。

母は、草月流のいけばなを学んでいた。まず、活ける花のデザイン画を描く。そのとおりに花を活けて、微調整をくり返す。「疎と密によって強弱・濃淡・変化をつける」といっていた。花はシンメトリーになっていないのに、バランスがとれていた。子どもの目から見ても、きれいだった。母を思い浮かべるいけばなに出会えたことがありがたい。

ヤマモモソウ

すすき梅雨があがり、さわやかな朝である。道を歩いていたら、遠いところに桜の花が目に入った。「えーっ」と思わず、声が出る。秋なのに桜の花が咲いている。おどろいて、近づいてみると、桃の花のようでもある。「なんだこれは」

よく見ると、木に咲いている花ではなくて、草花だった。しかも、四弁の花びらだ。白地にうすいピンクの色がほんのりとついている。家に帰って『花の図鑑』で調べてみた。「ヤマモモソウ」とある。たしかに、野生のモモの花に似ている。

子どものころ、山に入り、ヤマモモの花の場所をおぼえていた。やがて、実がなり、それを食べることができるから。果肉は酸っぱいけれども、ほんのわずかだけ甘みがある。

思い出のなかのヤマモモの花は赤というよりオレンジ色に近かった。けれども、こ

ヤマモモソウ

のヤマモモソウはちがう。白地にほんのりピンクの色がついている。

あらためて、花を見つめる。茎はまっすぐ立っている。花びらというか花弁は四枚あり、左右に二枚ずつ開いている。雄しべは八本で、雌しべは一本だ。

『花の図鑑』によれば、この花は一日でしおれる、と書いてある。この花をみることができたのは、とてもラッキーだったのだ。そう思ったら、うれしくなってきた。短い花の命の場面に立ち会えたのだから。

花の命のはかなさ、それゆえの大切さを知った一日だった。私たちは、人生のなかで一喜一憂するしかない。でも、こだわりすぎることなく、日々の暮らしを積み上げていく。こんなことを考えるきっかけをくれたヤマモモソウだった。自然からは、学ぶことがたくさんある。


次の日。散歩をしていたら、別の家でも、ヤマモモソウを見つけた。このことを花好きの友人に話したら、ヤマモモソウは、ハクチョウソウともいうと教えてもらった。ハクチョウといっても、白い鳥ではない。白い蝶の方である。

なるほど、この花は、蝶が舞っているようにもみえる。北アメリカのテキサス、ルイジアナが原産の草花である。六月から十一月ごろまで咲くという。それゆえ、十月に咲いていてもふしぎではない。

ハクチョウソウは多年草である。春から秋にかけて、長い間、咲き続ける。花の大きさは、はかってみたら、およそ二センチだった。長く伸びた茎の上に、花が咲いている。ここで見た花の色は、白と淡いピンクだが、赤もあるそうだ。

　ついでに、花ことばも調べてみた。「我慢できない」とあり、思わず声を出して、笑ってしまう。「我慢できない」とは、なんとユニークな花ことばだろう。

「我慢できない」の花ことばから、元気いっぱいに走り回る子どものイメージが浮かんできた。この家のハクチョウソウは、昨日の家のように縦ではなく、横に伸ばしてある。それゆえ、小さい子どもが、密集しているようにも見える。

ただし、我慢できないからといって、コクトーの小説のような「アンファン・テリブル（おそるべき子どもたち）」ではない。彼の小説では、子どもゆえの無邪気さと残忍性とで大人を恐れさせるような、早熟な子どもが出てくる。

そうではなくて、年相応で他人を困らせることのない、罪のない子どもたちを思った。運動場で、元気一杯、駆けまわっているような子どもたちである。そういえば、もうすぐ運動会が近い。

桜並木の紅葉

気分を変えようと思い、公園を散歩していたら、キアゲハが飛んできた。この蝶を目で追いかけた先に紅葉しかけている桜並木があった。桜の葉が黄緑から黄色になり、さらにオレンジ色、朱色になっていく。この四つの色が、一本の木のなかに混りあっている。

このなかの朱色の葉をみつめていたら、子どもが小さかったころのことを思いついた。秋になると、葉の色が変わり、葉が落ちる話をした。

「桜の葉が黄色になると、寒くなるよね」
「それは逆だよ」
「逆とは、どういうこと」

桜の紅葉

「寒くなるから、桜のはっぱが黄色になるのだよ」

「よく分からない」

「寒くなるのが原因だよ」

「原因、それはなに」

「原因という言い方はむずかしかったね」

「うん。わからない」

「それじゃ、きっかけは、わかるかな」

「きっかけはわかるよ」

「外の温度が低くなることが、先にあるのだよ」

「それが、よくわからない」

「うーん。いい方を変えてみよう。夏は暑かったよね」

「うん。暑かった」

「今は、どう」

「夏のように暑くはなく、涼しい日になってきた」

「そう。涼しい日がきたら、桜のはっぱの色が変わりはじめる」

「涼しい日になったことが、きっかけなの」

「そのとおり。もっといえば、太陽が照る時間が少なくなる」

「ああ。それはわかる」

「桜の葉が緑色に見えるのは、あるものが葉のなかに含まれているから」

「秋になって太陽が照る時間が短くなると、それが変わるの」

「よく分かったね。葉の中にあるものが分解されて、色が変わっていく」

「なんだか、老化現象みたいだね」

「うん。老化反応と考えられている。そして、木を守るために、葉が落ちる」

「むずかしいけど、なんとなくわかった」

家に帰ったら、早速、子ども用の図鑑で、葉が赤くなるわけを一緒に調べてみた。ことばで説明したことを図鑑で、もう一度たしかめた。こうすることで、葉が赤くなる仕組みが分かったみたいだ。

美しいものを見た感動と、それを裏づける知識。この両方から、しなやかな感性をみがき、表現力を身につけた子どもになってほしい。よくばりかもしれないが、こう願う。

キンモクセイ

どこからか、ほのかな香りがただよってくる。探してみると、三軒先の家の庭に、キンモクセイが咲いている。だいだい色と黄色の花が枝いっぱいに広がっている。よくみると、ひとまとまりの花が一つだったり三つだったりする。どの花もおしゃれを楽しんでいるようにみえる。はでではなく、きりりとした装おいである。

このキンモクセイの姿から、一人のおとなしい高校生を思いだした。特別に勉強ができるわけではない。スポーツにとりわけ秀でているわけでもない。でも、どこか魅力がある。

この生徒がいるだけで、クラスがなぜか落ちつく。うまく回っていく。そんな役割を果たす生徒だった。

率先してリーダーになるタイプではない。それでいて、いつのまにかまとめ役にな

キンモクセイ

っている。まるで潤滑油のような役割を果たす生徒である。

人とのつながりを上手にうながす。別の言い方をすれば、周りの人のやる気を起こす。そんなポジションをこなす生徒である。

彼女は、人間関係を育てるお手本になるような生徒である。どのような育ち方をすれば、このような生徒が生まれるのだろうか。父親は床柱をつくる職人であるが、時代の流れのなかで、この仕事を続けるのは容易ではない。それでいながら、自分の腕には自信をもっている。母親は和裁を専門にしている。こちらも、着物を着る人が減るのにともない、腕を活かす場所がだんだん少なくなっている。にもかかわらず、二人とも背筋をぴしっと伸ばす生き方をしている。キンモクセイの花から、二十年以上前のある保護者の姿を思い浮かべた。

カエデ

山粧う秋。家の北西の角に、一本のカエデが植えてある。小さいけれども、真紅の紅葉が実にうるわしい。秋のおだやかな光を浴びて、キラキラと輝いている。

このカエデをみて、勘違いをしていた。うるわしい紅葉になる前は、くすんだ黒っぽい色だった。この色をみて、今年のカエデはきれいではない、とがっかりしていた。ところが、しばらく見ないうちに、見事な赤い葉になっていた。なにが起きたのだろうか。

植物に詳しい人にたずねてみた。カエデの葉は、もともとは緑色である。気温が下がると、緑色の色素が減る。そうすると、緑色が薄くなり、赤や黄色の色素が目立つようになる。

カエデの色が黒っぽく見えることについても尋ねてみた。寒くなると、アントシア

カエデ

ンという赤い色の色素が葉の中でつくられる。紅葉が始まったころは、緑色の色素が、まだ葉の中に残っている。この緑色が混じって、色がにごってしまう。それで、きれいな赤ではなく、黒みがかった赤になるのだそうだ。

あらためて、カエデをみる。この色あいに心がなごむ。気持ちがだんだん清らかになっていく。そこへ、そよ風がふき、カエデの葉が一枚ゆらりゆらりと落ちてくる。ダンスを踊っているようであり、「うるわしい私を見て」と、誘っているようでもある。

この紅葉で想い起こした。京都の圓光寺に、渡辺章雄画伯の描いた襖絵がある。ここでも紅葉が季節を代表する風物としてあらわされている。「火の海」ともよばれる紅葉が、実に見事だ。この襖絵とあわせて、来年もぜひ素敵な紅葉を見てみたい。これから一年間、生きる希望を感じさせてくれるカエデに、心から礼をいいたい。

ペンタス

昨夜、空には有明の月がかかり、冷たい風が月を吹き飛ばそうとするかのようだった。次の日の朝、冷えこむなか、秋の植木祭に出かける。宝塚市のあいあいパークの会場で、すてきな草花を見つけた。ペンタスである。

花の名前は、ギリシア語のペンテ、すなわち五からきている。花びらを数えてみると、たしかに五枚で、星の形をしている。英語では、星のような形の花が半球状に咲く様子から、星団とも呼ばれている。花の特徴をうまくとらえている。

花言葉は「希望がかなう」である。星形のペンタスから「星に願いを」ということばが浮かんでくる。願いをかけるから、希望がかなうとつながる。

この花ことばを知っている人は、ペンタスを鉢植えにして楽しんでいる。花に水をやりながら、子どもの願いはこれ、家族の願いはそれ、自分の願いはあれ、というよ

ペンタス

うに願かけをしている。花の咲いている期間が長いので、願かけも長くつづく。

ご近所の人と、このペンタスの花をめぐって、話がもりあがった。どういうことかといえば、望みのものに意識を向けることは、いいことだろうか。それとも、よくないことだろうか。

ある人は、こういった。願うだけで実現するなんて信じられない。今の世の中をみてごらんなさい。うまくいかない人が、どれほど多いか。逆にいえば、幸せな人がどれほど少ないかが、分かるでしょう。

別の人は、手みじかに、こういった。自分の望みを信じて願えば、現実がそれに近づいてくるのでは、と。

ナンテン

庭にあるナンテンの実が、赤く色づきはじめている。これを見て、奈良の明日香をハイキングした時の記憶がよみがえった。ほとんどの家に、ナンテンが植えてある。おどろくことはない。奈良には、正暦寺というナンテンの寺があるくらいだから。ナンテンの音が「難を転ずる」に通じるので、縁起のよい木とされている。家によっては、福寿草とセットにして植えられている。こちらは「災い転じて福となす」とつながる。

ナンテンの赤い実も現れがいいものとされ、厄除《やくよ》けの力があると信じられている。とりわけ、雪が降ったときに、お盆の上に雪うさぎを作り、ナンテンで赤い目を入れる。こうすると、紅白になり、慶び事に用いられる。

ナンテンの花ことばは、とりわけ気にいっている。二つの意味がある。ひとつは「よ

ナンテン

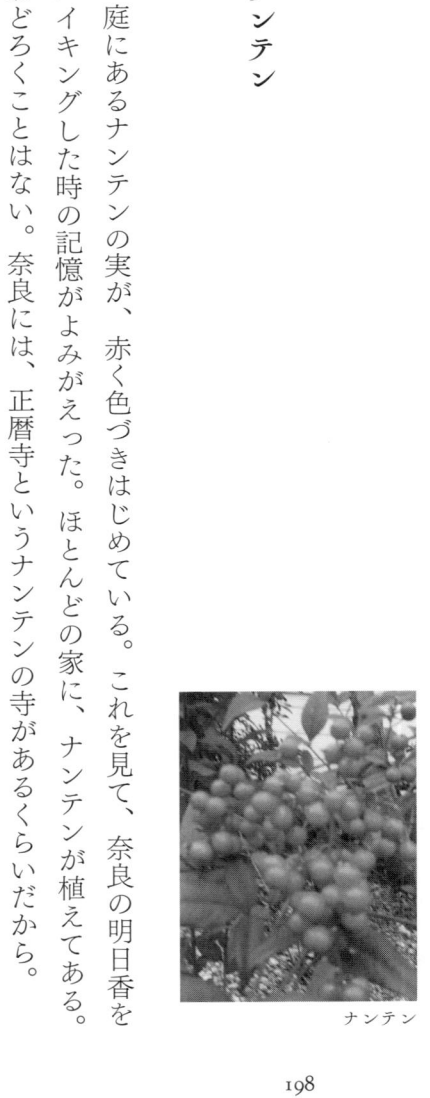

い家庭」で、もうひとつは「私の愛は増すばかり」である。子育ての話をするときに、このナンテンを枕にすることがある。ナンテンに「よい家庭」という意味があることを、話の導入につかうと、メモをする人が出てくる。

もうひとつの「私の愛は増すばかり」を知っている人は、ほとんどいない。でも、このトリビア（豆知識）をきいて、おだやかな表情になる人がいる。学校での子育ての話は、むずかしい。耳の痛いことをいわれるのではと、初めから拒否反応を示す保護者もいるから。

そんななかで、ナンテンの花ことばから始めると、雰囲気が明らかに変わる。こちらの話を聞こうとする人が増える。子育ては、保護者の協力を得なければならない場面が多い。それゆえ、学校の言い分に耳を傾けてもらえたら、これほどうれしいことはない。ナンテンの花ことばにお礼を言いたい。

サザンクロス

夏期休暇中に、ニュージーランドで、南十字星を見たことがある。地元の人のまねをして、裸足で海岸を歩きながら、冬の夜空を見あげた。星が降るように見えるなかで、見事に輝いている。十字のうち、左と下の星が明るい。上の星は、少し明るさが落ちる。右の星は、小さく見える。

現地の子どもから「にせの十字もあるから気をつけて」といわれた。たしかに、指さす方向に、にせ十字があった。本ものの右下に、にせ十字の星が並んでいる。こちらの四つの星は、本物の南十字星よりも暗い。どの星も同じような明るさである。さらにいえば、にせ十字の方は、本物の南十字星に比べると、やや大きい。

このような特徴をつかめば、間違えることはない。しかしながら、前もって知っていなければ、にせ十字を南十字星と間違いかねない。両方を比べてみると、本物の南

サザンクロス

十字星の方がよく目立つが、見る方向を誤ると、にせ十字を南十字星だと思ってしまう可能性が高い。現地の人に教えてもらって、本当によかった。

この南十字星を地面に移しかえたら、サザンクロスという花になる。オーストラリア南部に分布する常緑性の低い木である。かわいらしい星形の花を咲かせる。小型にした南十字星が、この花の印象である。

近づいて花をよく見る。紅梅色、すなわち濃いピンクの花である。星の真ん中に白い光があり、夜空が地面に下りたかのようだ。十月下旬に、この花をみると、いつもニュージーランドでのことを思いだす。海岸、公園、レストラン、お世話になった人たち。いい思い出が、次から次へと湧《わ》いてくる。

ラミウム

旅に出ての楽しみのひとつは、未だ知らない花に出会うことである。北海道十勝に「YMCA恵みの里」という研修施設がある。池田ご夫妻が運営されている。自宅の前に、ひとむらの「イチイ」がある。北海道のきびしい自然のせいなのか。あるいは、大きくならない矮性《わいせい》の木なのだろうか。そうだ。イチイは成長が遅いと聞いたことがある。それならば、これが自然のままなのだろう。

イチイの木は、お碗のような形をしている。こんもりとした緑のたたずまいが、なんともいえない趣きがある。樹皮には縦に割れ目が走っている。北の大地でがんばっている姿を連想させて、おもしろい。

イチイの前に、小さな花があるのに気づく。石竹《せきちく》の花のような淡い紅色が、とてもかわいい。松葉色の地に銀色の槍《やり》のような模様がはいった葉から、六つの花が伸びて

ラミウム

いる。

　こんな花は見たことがない。どういう名前の花か分からずに苦労していたら、同行の人が教えてくれる。「ラミウム」という名前の花だそうだ。

　ラミウムという名前は、これまで聞いたことがない。葉はシソの葉に似ている。後で調べてみたら、本当にシソ科の花だった。五月から六月が花の盛りとある。十月末の今、咲いているのは、かなり遅いといわなければならない。花の姿を見せてくれたことを、ありがたく思った。新しい出会いを待っていてくれたのだから。

　花ことばも調べてみた。「気づかれない想い」と「愛嬌《あいきょう》」である。花びらの上の部分が大きくて、花の内側を見ることができないから「気づかれない想い」。花笠を被って踊っている踊り子のように見えることから「愛嬌」。気配りのある研修施設にふさわしい花だ。

ウメモドキ

つぶらな赤い実がなるウメモドキ。この実をみると、よく熟れた梅の実に似ていないこともない。十月の神無月に梅の実が赤くなることはないが、梅に似ているからウメモドキとは、うまく名前をつけたものだ。

すぐに、別のことを思った。これだけ赤い実をしていたら、小鳥たちが見逃さないだろう。一斉に食べにくると思うのだが、実際はどうだろうか。

このウメモドキとは、奇妙な縁がある。腰痛で三か月間、入院したことがある。退院後は食欲がなく、体がやせていくばかりだった。食べる気がおこらないのだから、どうしようもなかった。

ところが、ある日、ウメモドキの実を見たとき、体にスイッチが入ったように感じた。この実から梅干しを連想したのだろうか。それとも、赤い実から「やる気」を感じた

ウメモドキ

のだろうか。実のところ、なにが原因かは、はっきりしたことが分からない。なんとなく「食べてみようかな」というスイッチが入ったのだった。

このときまでは、ご飯を食べるお茶碗が重かった。お茶碗をもとうという気持になれないほど重かった。食欲のなさがお茶碗を重く感じ、重いお茶碗が食欲をそぐという悪循環だった。当然のことながら、体重は落ちていくばかり。

でも、ウメモドキを見てからは、ご飯をよそうお茶碗が重いとは思わなくなった。いきなり食べる量が増えたわけではない。「食べたくない」「食べてもいいかな」「少しずつでも食べてみよう」こんな段階をへて、体重がわずかずつではあるが、もどってきた。

このときのことに感謝して、ウメモドキの一輪ざしを食卓に飾ることがある。

柿の葉のかなでるフーガ

家に帰る途中で雨にふられた。雨のしずくが柿の葉をたたいている。小さな音だが、「タタタタータ」と聞こえて、思わず足をとめた。しばらくして、またささやかに「タタタタータ」と聞こえた。

「おおっ。フーガではないか。秋雨が粋なことをするものだ。追いかけーて、追いかけーて、と聞こえるようだ」こんなことを胸の奥で、つぶやいていた。

フーガは楽曲の一つの形式である。一つの主題に基づく二つあるいはそれ以上の声部からなる対位法的な作品である。中学校でブラスバンドをやっているときに、顧問の先生から、フーガはイタリア語で「遁走《とんそう》」という意味だと教えていただいた。

若い音楽の先生が、なにもないところからブラスバンド部を立ち上げた。楽器にさわるのが初めての私たちを集めることからはじまった。楽譜の読み方、楽器の音のだ

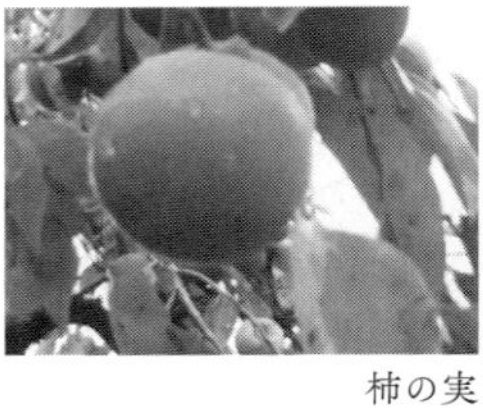

柿の実

し方を一つひとつていねいに教えてくれた。コルネットやクラリネットなどは、スーという風の音だけで、楽器の音などまるで出なかった。努力を重ねて校歌、行進曲、ヘンデルのオラトリオ《マカベウスのユダ》から「見よ、勇者は帰る」などを演奏できるようになった。

この顧問の指導を受けて、すべてのブラスバンド部員が音楽を好きになった。大人になって、交響曲のコンサートに出かけるようになった。室内楽や声楽のコンサートにも足を運び、オペラを聴きに行くようにもなった。音楽という大切な宝物をさずけていただいたことを、とてもありがたく思う。

家に帰ったら、どのフーガの曲を聴こうか。J・S・バッハの『平均律クラヴィーア曲集』にしようか。『フーガの技法』もいいな。そうだ。ヘンデルの『メサイア』も聴こう。

十一月の花

病葉《わくらば》

今日から十一月になる。朝の温度は十五度ほどになり、肌寒さを感じる。初めてジャンパーを着て散歩に出る。歩いている目の前で、一枚の桜の葉が音もなく落ちてきた。枝についている葉の多くは黄緑なのに、この落ち葉は赤で、虫食いの後が二つ見える。

もしかしたら病葉だろうか。昔の人の言い伝えを思い起こした。病葉が落ちるのは自然現象である。樹木を人間の体にたとえると、病葉は体の悪い部分をあらわす。それが消えてくれるから、体の本体はよくなる。そんなわけで、病葉が落ちるのを見ると、気になって仕方のないことが解決するという、うれしいサインなのだ。

昨日、家にある排水管の詰まりが解消した。業者に見てもらったところ、植木の根

病葉

がマンホールのなかまで伸びていた。植物の根は、水のある所へ伸びる性質を持っている。それが下水管のなかに入り込み、排水の流れを止めてしまうことがある。家の排水管も、こういう状態になっていた。下水管のなかまで木の根が伸びて排水をせき止めるなんて、これまで聞いたことがなかった。

業者の話では、植木が多い家では、よくあることだそうだ。昔からの言い伝えも教えてくれた。排水の詰まりは金詰まりを意味する。その反対に、排水の詰まりが解消すると、金詰まりも解消する。この話を聞いて、「うふふ」と思わず笑ってしまった。

昨日は排水管の修理が終わり、今日は桜の病葉が落ちるのをみた。気になっていたことが解消し、さらによいことが起きるサインなのだろう。これらの現象を素直に信じて、これからやるべきことに積極的に取りくもう。

コウテイダリア（皇帝ダリア）

近所の家に、とても大きい花が咲いている。電線に届くのではと思うほどで、三メートル以上の高さがある。花自体も大きく、直径は十センチを超えている。

この花の大きさに、圧倒された。家に帰って『花の図鑑』で調べてみた。花の形をみると、ムクゲのようにもみえる。でも、今は十一月の初旬である。わが家のムクゲは八月に咲いたではないか。

「うーん」と首をひねり、連れ合いにだけは、このことを話しておいた。しばらくして、その家の人から話を聞いてきてくれた。あの花の名前は、コウテイダリアというそうだ。

コウテイダリアは、英語でトゥリー・ダリアという。木のダリアである。なるほど、見たままの姿が名前になっている。ピンクの花に、黄色の雌しべと雄しべがあり、と

コウテイダリア

ても美しい。

花ことばは「乙女の真心」「乙女の純潔」だそうだ。一本の木に三つあるいは四つの花が咲いている。八枚の花びらが、風にゆらりゆらりと揺れている。なるほど、花ことばのとおりの風情である。

秋の終わりに、淡いピンクの花が空に向かって咲いている。それをじっと見つめていたら、透きとおった空の青さに、ピンクの色が染みだしていくイリュージョンをみた。この花は、気持ちをリフレッシュさせてくれる。気分が切り替わり、やる気がでてくる。リラックスできて、集中もできる。なんと素敵な花だろう。

コウテイダリアは、日照時間が短い時期に花を咲かせる。これが珍しい。花が少ないときに、花を咲かせる。だれか困っている人がいたら、その人の仕事をカバーしてくれる。こんな連想が働いた。いい花を見たことで、これからの仕事をがんばろうという気持ちになった。

ツワブキとフキ

秋風のなか、シジミチョウが健気に飛んでいる。飛んでいる先に見えるのは、ツワブキの花。でも、十一月に咲くなんて変だ。いつもだったら、三月に咲くのに。おかしい。

気になるので、早春に咲いていた花のところへ出向き、確かめてみた。春の花は白で、今の花は黄金色だ。春の葉は表面につやがなかったのに、今の葉は光沢がある。別の花なのだ。春の花がフキで、秋の花がツワブキだ。どちらもツワブキだとかんちがいしていた。思いこみを反省する。

もう一度、ツワブキが咲いている家にもどる。よくみたら、隣の家のフェンスからも黄金色の花がのぞいている。風に揺れて、お互いにあいさつをしているように見える。仲のいい近所づきあいのサインみたいで、なんとなく、ほほえみが浮かぶ。

ツワブキ

そこへ、一人のおばあさんが通りかかって、こういう。

「この花は、うちにも咲いているの」

「そうですか」

「うちで植えたわけでもないのに」迷惑そうな言い方だった。

「でも、さっと湯通しして皮をむくと、おいしい山菜になりますよ」

「そうなの。それは知らなかった。どうするの」

「ツワブキにはアクがあるので、調理する前に下茹《したゆ》でして、アクを抜く必要があります」

「下茹でしてアクを抜く必要があるのね」

「そうです。母のやり方ですが」

「お母さんのやり方ね。一度やってみるわ。いいことを教えてくれて、ありがとう」

ピラカンサ

スーパーマーケットへ買い物に行こうとして家を出たら、光の粒がみえた気がした。よくみると、空気のなかの細かな浮遊物が舞っているのだった。いつもは自転車を使っているが、「光の粒」をもっとみたくて、歩くことにした。自転車のときとちがい、風景がゆっくりと動いていく。

ある街角まで来たら、ピラカンサの実がびっしりとついている。五月に小さな白い花が枝を隠すほど咲いていた。そこへ花の何倍もある熊ん蜂がやってきて、花の上を歩き回っていた。今では、濃い緑の葉をおおいかくすほど、実がついている。真っ赤な実に黒い斑点が、アクセントになっている。

そこへ小鳥が飛んでくる。どうやらピラカンサの実を食べるようだ。これほど実が多いと、全部を食べることはできないだろうと思って、通りすぎた。買い物を終え、

ピラカンサ

同じ道を帰ってきたら、なんだか印象がちがう。景色が変わっている。「なぜだ」と思わず声がでた。「ない。赤い実がない。先ほどまであった赤い実がない」ピラカンサの実がひとつもない。枝を通りこして、青い空がみえるだけ。秋の空だ。秋の空から、吉井勇の歌が頭に浮かんだ。『吉井勇歌集』（岩波文庫）にある。

今日もまた空しく過ぐとかこちつつ秋風を聴く秋空を見る

この歌を思いだしたことで、目の前の風景が違う見え方をしてきた。現実には、なにかが変わるわけではない。でも、この歌のおかげで、景色がとても豊かになった。

マリーゴールド

校庭にマリーゴールドが咲いている。花びらは黄色というより、橙色に近い。菊の仲間だが、花の形はボールに似ている。

このボールに似ている花から、硬式野球部の生徒との話を思い起こした。

「先生。ある高校で練習試合をして、負けてしまいました」

「うん。応援に行った人から聞いているよ」

「頑張りましたが、私立高校の強豪校には勝てません」

「なかなかきびしいよね。でも、あなたはホームランを打ったじゃないの」

「はい。選手としてはうれしかった。でも、チームが負けたため、キャプテンとしては満足していません」

マリーゴールド

「そうだよね。チームとしての目標はあるの」

「もちろん、あります。まず、エース級のピッチャーが二人ほしい。そして、得点のチャンスにあと一本のヒットが出ないので、チャンスに強い打者を育てたい」

「それが、チームとしての理想なのだね」

「学校に帰ってきたら、校庭にマリーゴールドが咲いていました。この花をみて、マネージャーがいいました。この花が、泣いていいのよといっているように見えるわ」

「何人かの部員が、彼女のことばにうなづきました。でも、僕はちょっとちがう見方をしました。チームとしての穴をふさいでいけば、いつかは強いチームになる。そうなって、心から笑いたい」

「選手たち一人ひとりに積極性がめばえるといいね」

リンドウ

兵庫県川西市の市花はリンドウである。リンドウが市花に決まったのは、この地域が清和源氏発祥の地であったことによる。四月には「源氏まつり」が盛大に行われる。源満仲、源頼光、源義家から源実朝までの歴代の源氏の武将の武者行列がある。また、巴御前、常磐御前、静御前らの女性の行列もある。このときの紋所に笹竜胆《ささりんどう》が描かれている。

笹竜胆の紋所は、笹と竜胆からできていると長い間、思いこんでいた。ところが、これは間違いだった。リンドウは秋が深まったころ、青紫の花を咲かせる。花びらのようにみえるが、花冠の先が浅く五つに裂けている野草である。葉が笹に似ているため「ササリンドウ」とも呼ばれるのだった。紋所を先に見ていたので、このような誤解をしてしまった。実際の花を見たら、すぐに分かったはずなのに。

リンドウ

「源氏まつり」のきらびやかな行列を見ていたら、大きな時の流れを感じる。平家から源氏へと勢力が移り変わる姿を見ることができるから。源氏の一族にも苦難の時があり、やがて興隆する時がくる。苦闘《くとう》の歴史のなかから、一歩また一歩と登っていくときが、もっとも興味ぶかい。時がくれば、望む結果が出る。こう信じることができるから。

望む結果がなかなか出なくて、辛いときを過ごすことがあるだろう。この辛さに耐えかねて努力をあきらめたら、花が開くことはない。苦労の道が辛くないといえば、言い過ぎである。今は、明るい将来が予感できなくても、あきらめない。小さな目標を立てて、一度に一つずつ事をおこなう。ひとつできた。また、できたというように、小刻みな一歩を進めていく。そして、目標に近づきつつある、遠くないうちに成果が出る、と信じる。こんなことを思わせる「源氏まつり」の行列である。

イチョウ

黄色いイチョウの葉が、次から次へと舞い降りてくる。運動場の上に、落ち葉が少しずつ積もっていく。辺り一面が黄色の絨毯を敷きつめたようで、秋の風情がただよう。

子どもたちは、イチョウの葉を手にとって、グライダーのように投げる。葉っぱの芯のバランスが少しでもずれていると、カーブを描いて、飛ぶ距離が伸びない。友だちより飛ぶ距離が短かかったら、すぐに別の葉を探している。

もっとも遠い所まで飛ばした子どもは、その位置で立っている。その距離を越えたら、立つ子どもが交代する。競争は、子どもたちをこれほど熱中させるものなのか。彼らは飽きることがない。記録を破ったとき、子どもたちの喜ぶ声の大きいこと。

イチョウをめぐって、もうひとつ忘れられない記憶がある。池田郵便局で、しばらくの間、清掃のアルバイトをした。清掃の範囲が広く、時間に追われることはあったが、

イチョウ

ただひとつのことをのぞいて、困ることはなかった。それがイチョウの葉である。池田郵便局の近くには、イチョウ並木がある。秋になると、落ち葉が大量に落ちてくる。郵便局の周りも清掃範囲にふくまれているので、箒で掃いて、集めなければならない。建物の北側の掃除が終わって、西側に移ろうとしたら、掃除の終わった北側に、イチョウの葉がふたたび落ちている。ぶつぶつ言いながら、落ち葉を集め続けた。

いちばん嫌なのは、雨上がりの後だった。水をふくんだイチョウの葉が、コンクリートの道路にピタッとくっつく。箒で掃いても掃いても取れない。ところが、先輩がやると簡単にとれる。おそらくイチョウの葉に対する箒の角度がちがうのだろう。そう思ってやってみるのだが、取れない。プロの清掃人の技量に感心した。いい人生経験になった。

マンリョウ

庭の西側に植えてあるマンリョウが、赤い実をつけている。やる気の赤である。実がなっていないときは、松葉色、濃い緑色の葉に見とれている。マンリョウは万両とも書き、縁起のいい植物として広く親しまれている。

この植物を見ると、ある高校生の保護者の表情が思い浮かぶ。子育てに独特の意見をもつ人だった。マンリョウから、子育てについてのルールを導き出していた。

言いたいことが、ふたつあるという。ひとつは、実が赤いことから、太陽や燃えさかる火のイメージが浮かび、エネルギーを感じる。活動的な色であり、気分を高揚させ、元気を与えてくれる。子どもは、こうであってほしい。

もうひとつは、連なっているマンリョウの実から思いついたそうだ。きれいな実を次々に見ていくと、粒ぞろいの精鋭に見える。なにか困ったことが起きても、とっさ

マンリョウ

の機転で状況を変えることができる。この「変える力」を身につけた子どもであってほしい。

予想もしていないことがおきた。あるいは、あってはならないことがおきた。そんなときにもあわてず、騒がず、わずかな時間に、本来の姿にもどすことができる。こんな子どもであってほしい。こういわれて、マンリョウをじっと見続けたが、そういうふうには思えない。私の想像力が欠けているのだろうか。

この保護者は、朗読を長い間、続けている。上手な朗読者とそうでない人との違いは、間のとり方だそうだ。無駄のようにみえる間が、実は無駄ではない。この無駄な動きの度合いが大切である。多過ぎても少な過ぎてもいけないという秘訣も、マンリョウの実から悟ったそうだ。

ススキ

今日で十一月も終わり。クモの糸が朝日に照らされて、キラリと輝く。そこへ秋風がそよそよと吹き、目の前のススキが、ゆらりゆらりと揺れる。揺れるススキの穂先になにが見えるかと問われたら、なんと答えたらいいだろうか。

たとえば、雲の影という答は、どうだろうか。義父は五行易にくわしかったので、雲の影の代わりに、陰と陽とのまじわりがみえるという気がする。今日の陰が明日の陽になり、逆に、陽が陰になる。あるいは、日の移り変わりのはげしさ、この世のはかなさがみえるというかもしれない。

「世の中をひとつの見方で決めつけてはいけない」義父からよくこういわれた。あるとき、易の看板を指さしながら、こう説明してくれた。ごく常識的にいえば、天が上にあり、地が下にある。ところが、易の看板では、天が下にあり、地が上にある。

ススキ

つまり、「地天泰《ちてんたい》」で、天地が逆になっている。

これがかえってよいのだという。なぜなら、天の気は上へ上へと昇る。地の気は下へ下へと降る。もし、天が上にあり、地が下にあるなら、両者は離れていくばかりである。逆になっているからこそ、天の気が上昇し、地の気が下降して、両者が出会う。そこで、万物が生み出される。こんな話をしてくれた。

ススキをあらためて見る。ある所では、まだ黄緑のススキがある。別の所では、黄金色に輝くススキもある。秋風がふたたび吹いてきて、ススキが一斉に揺れる。揺れる姿は、「おいで、おいで」と誘われているようであり、「またね」とさよならの挨拶のようでもある。ものごとをひとつの見方で決めつけてはいけない。

第四章　冬の虹

サザンカ

十二月の花

セイヨウアジサイ

今日から師走に入る。散歩していたら、セイヨウアジサイが咲いているのを見つけた。冬の冷たさに耐えて、すてきな花を咲かせている。この冷たさに耐えから、曽国藩日記の「処世四耐」を思いだした。ある経営者から教えてもらった言葉である。

処世四耐

冷に耐へ　世の冷たさに耐え、
苦に耐へ　苦しみに耐え、
煩に耐へ　煩忙《はんぼう》に耐え、
閑に耐ふ　閑職に追われても耐えなければならない。

セイヨウアジサイ

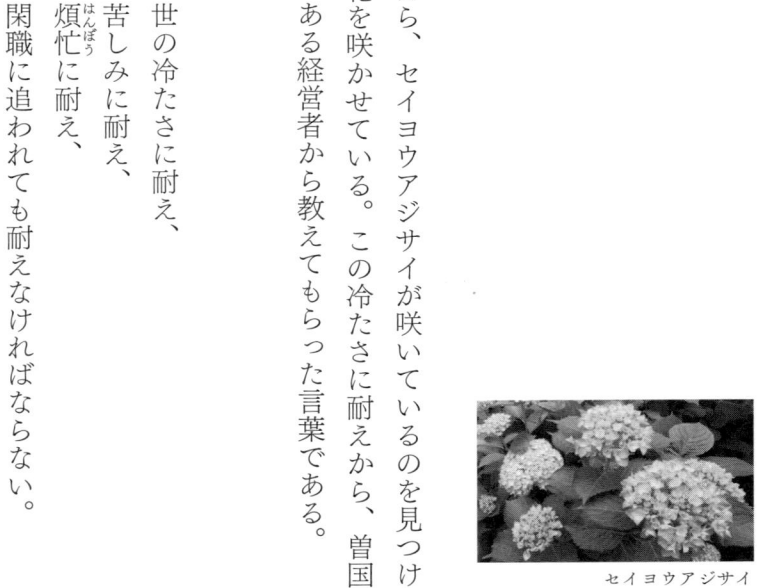

この処世四耐は、人が生きるに当たっての指針を示している。初めに、世の冷たさに耐えろとある。きびしい状況にあるとき、うまくいっている誰かを引きずりおろそうとしないだろうか。誰かを引きずりおろしたら、自分があたかも優位に立ったような気になるかもしれない。でも、このようなやり方は、世の冷たさに耐える方法ではない。

それなら、ライバルの不幸を願ったりしないだろうか。ライバルとは、もともと川の両側にいて、魚を取り合う関係から来ている。リバーからライバルという言葉ができた。

この競争相手は、自分を高めるため、あるいは自分を磨くために必要な人物かもしれない。ライバルとはフェアに闘う。そうして、ライバルよりもがんばることで、成長する。成長して、人生で出会う人びとの手助けをする。これなら、世の冷たさに耐える方法につながるのではないだろうか。

門かぶりの槇

ある家に門かぶりの槇がある。別の家では、槇の代わりに松が植えてある。これは、江戸時代後期から明治時代にかけて流行った植木の仕立て方である。

植木屋さんから聞いたところによると、江戸時代は家の格式によって、建てていい門の形に制限があった。どれほど財をなした大店でも、その格式になければ、屋根のある門を作ることは認められなかった。そこで、屋根つきの門を作れない格式の家が、門の所にさしかけて槇や松を植えるようになり、それが徐々にステータス・シンボルになっていった。

大阪府池田市の借家には、門かぶりの松があった。引越してきた兵庫県宝塚市の家には、門かぶりの槙が植えてある。いずれの家も意味を知ったうえでこしらえたわけである。

門かぶりの槇

庭木のよく手入れされた家は、住む人だけに喜びを与えるのではない。イギリスのガーデニングもそうだが、地域の人と喜びを分かちあう。この考えを一歩すすめて、自分の持っているものを、できるだけ周りの人にも役立つようにはからう。

家にある庭木に、小鳥たちが集まってくる。義父がいっていたが、鳥の集まる家は栄えるとのことである。この意味までは教えてくれなかったが、推測していることはある。

およそ五千年前、古代の中国人は、次のように考えていた。神さまは空の上に暮らし、人は地上に暮らしている。この両方を行き来できる鳥が、神さまの使いと考えられた。そして、鳥が休憩する鳥居の原型が作られたりした。ここから先は想像だが、神さまの使いである鳥が集まる家は栄えると考えたのではないだろうか。

門かぶりの槇から鳥が集まる家まで、古くから言い伝えられている話だ。古くからの言い伝えには、学ぶことがある。あらためて気づかされた。

スノウドロップ

冷たい北風が吹くなか、二人の大学生が親しそうに話をしている。


「大学へ来る途中で、スノウドロップの花を見たわ」

「白い小さな花だよね」

「そう。雪が降ってきたような形の花よ」

「空を見あげたら、今にも雪が降りそうな雲行きだ」

「雪が降るということで、思いついたわ」

「何を思いついたの」

「〈雪が降る前に〉ということばがあるでしょう」

「ええ。あるね」

スノウドロップ

「前から疑問に思っていたことがあるの。雪が降る前に、なにかいいことが起こるの。それとも、よくないことが起こるの」

「僕は、よくないことが起こると思っている」

「たとえば、どういうこと」

「不運が続いていたのに、さらに最後の追い打ちをかけられたとかね」

「うわー。大変」

「でも、逆にすがる必要がなくなったともいえるけどね」

「うーん。わたしの考えは、ちょっとちがう。あこがれていた人にめぐり逢えたような感じをもっている」

「ロマンティックだね。でも、二人の考えがこんなにちがうのは、なぜだろうか」

ロウバイ

雲の切れ間から太陽が顔を出し、急に明るくなった。そのせいで、ロウバイの花を見つけた。黄色の花びらが、なんともいえないほどかわいい。花びらの中は暗い紫色で、きりりとした印象をあたえる。ほのかな香りがただよってきて、気分がすっきりする。

「ろうばい」ということばから、「老翁」「老賢者」という言葉が思い浮かんだ。年を経た賢い人のことであり、実在の人として思いついたのは、哲学者の鈴木亨博士である。『鈴木亨著作集』が刊行された後も研鑽を続け、八十歳を過ぎても論文を執筆している。

もうひとつひらめいたことがある。ある人が新しい発想を思いついたり、これまでより深い思いつきを得たとしよう。これは自分のなかにあるもう一人の自分のせいではないだろうか。そうだとすれば、もう一人の自分を老賢者とみなせないだろうか。

ロウバイ

自分の中に「もう一人の自分」がいる。過去からの知識を身につけた「賢いもう一人の自分」がいる。この「もう一人の自分」と対話をすることで、新しい発想や深い知恵をあたえてもらう仕組みがあるのではなかろうか。

課題の解決をめざすとき、自分の外側と同時に、内側に目を向けることも大切である。たとえば、複雑にからみあう状況のなかで、決定的な要因をつかむ。そして、解決のために変えていく道筋を示す。これは、もう一人の自分と対話をした結果である気がする。

知恵と時間とのかかわりについても触れてみたい。時間をかければかけるほど、深い知恵が出てくるわけではない。必要なのは、自分のかかえている課題を常に頭の片隅に入れておく。そのうえで、自分ともう一人の自分が対話をすることで、深い知恵を与えてくれると信じつづけることである。

アツバキミガヨラン

先が鋭く尖り、縁にトゲをもつ植物がある。厚い多肉質の葉が地面に接して、放射状に並んでいる。これをロゼットというらしい。

このロゼットの中心から、マストとよばれる背の高い花の茎が十一月半ばに伸びてきた。そのマストから細い枝が二十四本、出ている。マストを加えると、全部で二十五本になる。それぞれの枝に短い筒状のものがたくさんついている。

これが順番に花開いていく。なんということか。もしかしたら、これがリュウゼツランではないのか。一度に全部の花が咲くのではない。花が枯れて落ちたと思ったら、別の所に花が開く。なんともゴージャスな花だ。華やかで、見ていて、いつまでもあきることがない。

この植物を見続けて、七年目に花が咲いた。植物にくわしい人に電話できいてみた。

アツバキミガヨラン

気候や土壌にもよるが、リュウゼツランは成長がとても遅い。花を咲かせるまでに数十年を要するものもあるという。七年目で見ることができたなら、とてもラッキーとのことだった。

あまりの成長の遅さに、百年に一度、開花すると思われ、英語では「センチュリー・プラント」とよばれる。「百年に一度の花」あるいは「世紀の植物」とは、とんでもない花だ。この花に出会えたことで、今、住んでいる街が、もっともっと好きになった。

乳白色の花にさわろうとして、腕を伸ばしたら、ひじのあたりをチクリと刺された。痛みはそれほどないが、刺された感じがいつまでも消えない。実は、この話にはオチがある。写真を見てもらったら、この花はリュウゼツランではなかった。アツバキミガヨランというそうだ。

ポインセチア

ご近所の家の玄関に、クリスマスのリースが飾られている。リース台にヒノキや杉などの常緑樹が張り付けてある。この緑の枝の周りを、グレーのふわふわした花が取りまいている。後で教えてもらったら、スターリンジャーというそうだ。実にかわいい。これにユーカリの実や松かさを散らしてある。

もう一つ目を引くものがある。リースの足下に鉢植えのポインセチアが飾ってある。花のように見える赤い葉が見事だ。この花は寒さに弱いから、夜はどうしているのだろうか。夕方から家のなかに入れてしまうのだろうか。余計な心配をしてしまった。

ポインセチアはクリスマスによく飾られる。花のように見える赤い葉は「キリストの血」、緑の葉は「永遠の象徴」、白は「純潔」を表している。だから、縁起のよい植物として「ノーチェ・ブエナ（聖夜）」と呼ばれて、飾られるようになったそうだ。

ポインセチア

ポインセチアの花から中学一年生のときのことを思いだした。私たちの中学校は、南部小学校と北部小学校の卒業生から成りたっていた。はじめのうちは、クラスのなかで打ち解けにくい雰囲気がただよっていた。違う小学校から来たのだから、ぎこちないのはやむを得ない。

こういう状況があったなかで、ブラスバンド部の一人の女子部員から、クリスマスカードをいただいた。私だけでなく、部員全員がもらったのだけれども、それぞれのカードにはげましのことばが書いてあった。このときのことばが「幸運を祈る」ではなかったか。ポインセチアの花ことばのひとつである。今ごろになって、クリスマスカードのことばと彼女の面影が頭に浮かび、心がほのぼのと温かくなる。なんとふしぎなことだろう。

しめ飾り

今年も歳末をむかえ、しめ飾りをする季節になった。昔は父が飾り物を作っていた。鉱山科の出身だったため、地形にくわしいだけでなく、植物にも深い知識をもっていた。子どもとともに山に入り、裏白、ゆずり葉などを集め、センリョウやマンリョウのことも教えてくれた。家に帰り、藁《わら》をつかってしめ縄を作る。縄をない、三方に広げて結ぶ。それにだいだいなどの飾りをつける。

このしめ飾りを飾るのに、よい日とそうでない日とがある。しめ飾りをするには、末広がりといわれる「八」がつく十二月二十八日がいい。避けたい日は、十二月二十九日。この日は「二重苦」と同じ音になるから、いやがられる。もうひとつは、十二月三十一日。この日に飾ると「一夜飾り」になる。飾り方が葬儀を連想させるので、嫌われる。「年神さまをお迎えする日が、一夜飾りでは失礼にあたる」と父はいって

しめ飾り

いた。

家に入ると、今度は鏡餅などを飾っていく。三方と呼ばれるお供え用の器に、白い奉書紙をしく。裏白、譲り葉の上に鏡餅をのせる。昆布やダイダイも飾る。これに、串柿《くしがき》、するめなどの縁起ものをもる。

母も一緒に、この飾り物の説明をしてくれた。裏白はシダの一種である。表面は緑色だが、裏面は白い。後ろ暗いところがない清廉潔白《せいれんけっぱく》の心を表す。譲り葉は、新しい葉が出てから古い葉が落ちるので、家系が続くことを表す。昆布は、よろこぶにかけてある。ダイダイは、「代々」とも書く。一本の木に何代もの実がなることから、家族繁栄、家が代々、続くことを表す。串柿は、干し柿を串に刺したもの。この串柿は剣を表す。鏡餅は鏡、ダイダイは玉で、合わせて三種の神器を表している。

一月の花

初日の出とおせち

正月。東の方を向いて、初日の出を待った。山の端に雲がかかっていて、うまく立ち会えるか心配していた。そこへ、大きな紅い太陽がゆっくりと昇ってきた。思わず手を合わせ、新年の誓いとして、家族の健康と幸せを祈る。また、どんな小さなことにも感謝して暮らすことを目標にした。

感謝の気持ちで行動すれば、よいものが手に入るだろう。この感謝の気持ちの反対は、なんだろうか。多分、「不平」もそのひとつではないだろうか。不平を口にしていたら、もっと不平をいうような状況に陥るのではないか。こんな考えが頭をよぎった。

年神さまにお供えをしてから、おせちを家族でいただく。めでたさを重ねるという意味で、重箱に入っている。いつも「三つ重ね」である。

黒豆の花

お重の中身をめぐって、父が説明してくれた。「黒豆は、まめに働くようにということ、子孫繁栄、五穀豊穣《ごこくほうじょう》の意味もある。数の子は、卵がいっぱいだから、子宝に恵まれますようにという意味だよ」

田作りは、母が説明してくれた。「昔、じゃこを田にまいて肥料にした。イワシが大量にとれたときは、イワシをまいたときもあった。豊作を願って、これを食べるのよ」

栗きんとんを漢字でかくと「栗金団」となる。金団だから、金銀財宝に恵まれるようにという意味がある。母方は武士の末裔《まつえい》だから、きんとんのなかに栗を入れる。勝ち栗に通じるからである。それに対して、父方は文官の末流だから栗を入れない。両親に、笑い話のような小さなこだわりがあった。

冬の虹

一月二日。霧のような雨が降っている。そのせいで、東から西へきれいな虹がかかっている。切れ切れの虹ではなく、半円形に全部が見わたせる美しい虹だ。

虹は空気中の薄い霧に太陽光線が反射したものである。北風が強いせいもあって、虹はあっという間に薄れていった。でも、正月に虹を見ることができたので、ラッキーな年になりそうだ。日本では、虹は幸せが訪れる先ぶれだから。

ギリシア神話に虹の女神が出てくる。その英語読みはアイリスである。アイリスが咲くのは、まだまだ先のことであるが。

虹の興奮が冷めやらぬまま、散歩を続ける。多くの家にしめ飾りがしてある。およそ三分の二の割合だろうか。しめ飾りがないのは、都会だからなのか。それとも、時代の流れなのか。誰かに聞いてみたい気もする。

センリョウ

しめ飾りは、神さまを迎えて祭る清浄な場所であること、しめ縄に垂らした紙垂《しで》は、聖域を示す。父は、いつも二日の朝に、こういっていた。母は、食卓にセンリョウの一輪挿しを飾る。コバルトブルーの花瓶にセンリョウの赤い実が、よく映える。しめ飾りも一輪挿しも、ともに家族の幸せを願ってのことだった。

しめ飾りをするのは、自分の家だけの幸せを願うものだろうか。ある意味では、そうであるといえる。でも、それぞれの家は、地域社会から切り離しては存在できないので、もっと広い意味で、周りの家の幸せ、さらには地域の幸せまで考えをひろげたら、どうなるだろうか。

虹の下にある家の一軒一軒が、周りに喜びを与える。できるできないではなく、こんな空想をしてみた。朝に見たきれいな虹のせいであるようだ。

ダイダイ

しめ飾りの中央に「ダイダイ」が結わえられている。この呼び方が「代々」に通じることから「家が絶えることなく繁昌しますように」という願いがこめられている。縁起のよい果物として、正月の飾りに用いられている。

いつもどおりのしめ飾りだが、ひとつだけ気づいたことがあった。「だいだい」と「だいだい色」とが、私の中ではじめて結びついたのだった。

「だいだい」という果物の色から、「だいだい色」という名前がついたのだろう。ミカンやかぼちゃを煮たときの色だと、なんとなく思っていた。今日はっきりと頭の中に色の概念が入ってきた。しめ飾りが、急に匂いたつように感じた。

壮年になってから、色の起源に気づくなんて、なんといううかつさだろう。一緒に歩いていた長男に聞いてみた。

ダイダイ

「このしめ飾りに結わえられている果物の色はなんていう」

「僕たちは、だいだい色といいます」

「ということは、今の子どもたちは、ちがういい方をしているの」

「はい。今の子どもたちは、オレンジ色といいます。元気で明るい色です」

「時代によって、呼びかたも変わるのだね」


だいだいという果物がある。だいだいという言葉がある。その言葉に表現された概念がある。伝統的論理学のことをちらっと思い起こした。

しめ飾りのダイダイをみて、ほのぼのとした温かさを感じる。なんとなくいい年になりそうな予感がする。

プリムラ・ジュリアン

プリムラ・ジュリアンを好きな人がいる。この花が好きで好きでたまらないという。なぜ、そんなに好きなのかとたずねたことがある。この質問に対して、指を折りながら、答えてくれた。

まず、次から次へとツボミが出てくるのがいい。日光にあててやれば、絶えることなく、花が咲く。咲き終わった花を、小まめに摘んでやると、かなり長い間、花を楽しむことができる。

そして、この花は初心者向けではなく、手間がかかるのがいい。ツボミは日光が当たらないと、咲かずにしぼんでしまう。そこで、咲いた花の下にツボミがある場合には、上の花を早めに摘んであげる。このように、手間をかけたら、かけただけ、きれいな花を咲かせてくれる。人の努力に、花が応えてくれるのがいい。

プリムラ・ジュリアン

最後に、花自体に、とても魅力がある。たとえば、「暁」という名の花がある。ひとつの株で、花の色が変化するのを楽しむことができる。

咲き始めのころはピンクがかったクリーム色である。それが、だんだんピンクの色が強くなっていく。最終的には、花のもっとも内側は黄色、その外側は赤とまではいかないが、かなり濃いピンク。そこからグラデーションになっていて、薄いピンクがもっとも外側になる。しかも、縦に濃いピンクの線が入っている。

暁という名前のとおり、この花は、ちょっと見たら、朝の太陽のようにみえる。自然はなんと奥深いものだろうか。小さな花にさえ、このように神秘的なものを潜ませているのだから。

スズシロ（大根）

一月七日。夕食が終わった後で、連れ合いが突然、大きな声を出す。

「今日は七草がゆの日だった。うっかりしてたわ」

娘がいう。

「もう。お母さんは時々ぼけるのだから」

息子は「ふ、ふ、ふ」と含み笑い。

「材料は準備してあるから、今から作っても食べてくれる」

皆で一斉に「食べる」という。

「それなら、作るわ」

スズシロ

古代中国では、一月七日に七種類の若菜を入れた温かい吸い物を食べて、無病息災を願ったそうだ。それが日本に伝わり、七草がゆになった。宮中では、丸餅一個を入れるという。（入江相政編『宮中歳時記』小学館文庫）

七草がゆの日に、母が五七五七七の短歌のように口ずさんでいた姿を思い浮かべた。「せり・なずな　ごぎょう・はこべら　ほとけのざ　すずな・すずしろ　春の七草」

本来は前日に七草を摘みに出かけるのだが、都会では、そんなことはできない。今は、スーパーマーケットで野菜セットとして売っている。今年は百円だったとか。

わが家の七草がゆは、しょうゆの代わりにめんつゆを使う。おいしい。いつもだったら、七日の朝にいただくのだが、そんな野暮なことは思っていても言わない。

今年も無病息災を願って、感謝しながら食べる。心の中で、つぶやく。「今年一年、家族のみんなが病気することなく、健康でいられますように」

モチノキ

近所の家の庭に、モチノキがある。「金もち」に通じることから、愛される木のひとつである。散歩の途中で、この木をみて、一瞬なにかがちがうと感じた。歩みを止めて、濃い緑色の厚手の葉っぱを、ざっと見る。この葉っぱに、かすかな違和感がある。心に引っかかるなにかがある。

足を止めて、よく見ることにした。まず、木の葉の色に目をむけた。全部を確かめたが、色に違いはない。次に、葉の形に注目した。葉っぱを上から下へ、順番に見ていく。特に変わりがあるようには見えない。でも、途中で「あっ」と声がでた。一枚の葉だけが、完全なハートの形をしている。椿でハート形の葉は見たことがあるが、モチノキは初めてである。突然変異なのだろうか。それとも、葉っぱが成長するときに、なにかがあたったのだろうか。一枚の葉だけちがうわけが分からない。

モチノキ

それにしても、見ることの不思議さを思う。一本のモチノキには、たくさんの葉が茂っている。そのなかで、一枚だけが違っていた。一瞬、見ただけなのに、なんとなくひっかかるものがあった。

見ることとは、物の形や色を目で感じることである。モチノキを見て、なにかが違う気がした。モチノキの葉をひとつのかたまりではなく、一枚ずつ分けて、見ていった。そして、普通の葉とハート形の葉とに分かれた。両者を比べることで、違いがはっきりと分かった。

「分ける」から「分かれる」、「分かれる」から「分かる」という構造がある。突然、こういうドイツ観念論哲学を思いだした。ドイツ観念論哲学から、ハイデルベルクで訪れたネッカー川にかかる石の橋まで想い起こしていた。

ザボン

ザボンという大きいミカンがある。ブンタンともいう。連れ合いが、スーパーマーケットで、この珍しい果物を買ってきてくれた。このザボンをめぐって、ある高校生と話をしたことがあった。


「昨日、僕の家でザボンを食べました」

「珍しいね。ザボンを食べるなんて。ほとんどの大阪の生徒は、知らないよ」

「そうですね。クラスの子に話をしたけど、だれも知らなかった」

「あなたは、どうして知っていたの」

「僕の父は鹿児島の出身で、家にザボンの木があったそうです」

「なるほどね」

ザボン

「父がいいます。ザボンは柑橘類《かんきつるい》のなかで、もっとも大きい。この果物を見習おう」

「どういうことなの」

「どの分野でもいいから、トップをめざそうということです」

「ああ。トップをめざすために、あなたはどういう方針をもっているの」

「最終目標をはっきりさせて、そこへいたるための道筋を小さく分けていきます」

「いいね。デカルトが『方法序説』(岩波文庫)のなかで、〈困難は分割せよ〉といっている。このやり方をまねるのだね」

「そうです。それにもうひとつ工夫を加えます。小さいことは単なる通過点ではありません。小さいことは、私にとって目的地でもあるのです」

「おお。今日は、いいことを教えてもらった。ありがとう」

早咲きの梅

一月の中旬、庭に植えてある梅は、まだつぼみが固い。でも、近所の家の梅は、もう満開である。この家の人と、梅をめぐって話をした。


「お宅の家の梅だけが、満開ですね」

「ええ。この梅は早咲きなのです」

「早咲きの梅というのがあるのですか」

「ええ。あります。目の前にあるこの梅が、そうなのです」

「たしかに早いですね」

「お正月に、梅を見ることができるように、この早咲きの木を植えたのです」

「なるほど。おめでたい正月をなお一層、引き立てる花ですね」

ハクバイ

「それに、この香りがいいでしょう」

「ええ。とてもいい香りです」

「奈良時代より前に『花』といえば、ウメのことでした」

「ええ。聞いたことがあります」

「菅原道真が愛した花としても有名です」

「そうですね。飛び梅の話もありますし、学問の神さまのシンボルとしても梅が使われています」

「梅の花ことばは、ご存じでしょう」

「ええ。高潔とか、忠実ですね」

「それに、忍耐という意味もありますよ」

バラ戦争

紅梅と白梅の赤と白から、ヨーロッパの話を思いだした。イギリスで一四五五年から一四八五年の三十年間にわたって「バラ戦争」が起こる。赤バラの紋章のランカスター家と、白バラのヨーク家とが王位をめぐって争った。正当な後継者リチャード二世を、従兄弟のヘンリー・ボリングブルックが廃位に追い込み、ヘンリー四世として王位についた。この三十年間の戦争で、双方に多くの死者が出た。ここから、赤と白が同時にあると、死を意味するようになる。赤バラと白バラを一緒に贈らないようにしよう。

大学の講義で、この話をすると、ほとんどの学生はおどろく。

「僕のガール・フレンドはバラが好き。それで、赤いバラを贈ったことがある」

バラ

「喜んだでしょう」

「ええ。とても喜びました。次には、白いバラを贈りました」

「このときも、彼女は喜んだの」

「ええ。とても。三回目はなお一層、喜ばせようと思い、両方のバラを同時に贈りました。ああ。失敗した」

「でも、彼女は、赤と白が同時にあると死を意味することを知らないでしょう」

「ええ。多分」

「ケンブリッジ大学をでたイギリスの友人も、このことを知らなかったよ」

「そうなのですか」

「だから、このことはあなただけの秘密にしておけばいいのではないの」

「先生、ありがとう。そうします」

カイヅカイブキ

植木の手入れが必要になったので、植木屋さんに見積もりをたのんだ。三人の職人さんがやってきて、敷地内のすべての植木をていねいにみてくれた。そのうえで、いくつか興味ぶかい話をしてくれた。

東南にあるハクバイを移しかえたいと思っていたが、ダメだという。枝の一部が立ち枯れの状態になっていて、木には苔が生えている。相当に古い木で、移しかえると、枯れる可能性が高い。調べてみると、植えてから四十年以上たっている。この梅の古木を移しかえるのはあきらめた。

敷地の東と南には、ヒノキ科の樹木であるカイヅカイブキが植えてある。縦横を合わせると、かなりの長さになる。植木屋さんが選定挟みで、この木の枝を切って、触らせてくれた。うろこ状の枝は触っても痛くない。でも、針状の枝は触れば痛い。同

カイヅカイブキ

じ木から切った枝なのに、この違いに驚かされた。痛みのあるなしから、自然界の不思議さをあらためて思った。

近所に、植木が道路まではみ出ている家がある。木は光と水を求めて、伸びてゆく。そのため、木の性質と年月を見通して、配置を考えなければならない。幸いなことに、この家では木の配置がよく考えられているそうだ。植物の植込みには、深い知恵が必要なのだ。

一日で、すべての植木を剪定《せんてい》するには、ある程度の植木職人が必要とのこと。「今のところ、向こう三か月は仕事の予約が入っていて、この家の仕事はできない。できるのは、それ以後になる」植木の剪定をすれば、木が元気になる。元気な木を見ると、こちらもうれしくなるから、待つことに決めた。

クリスマスローズ

澄みきった朝の光のなか、いつもの散歩道を歩いている。突然、背の高い薄紫の花が目に飛びこんできた。ここは、もともと竹が群生していたところだった。昨年の夏に竹が切り倒されて、日当たりのいい土地になっていた。そこに今、花が咲いている。草の丈が小さいものは三十センチほどで、大きいものは四十センチを超えている。

一見すると、木のようにも見える。重なった薄紫の花びらのなかに、白いおしべのようなものがある。本来ならば緑色の花のはずだが、何度みてもやはりクリスマスローズだ。

クリスマスローズというから、クリスマスのころに咲く花だと思い込んでいた。でも、花屋さんの話によると、実際は一月に入ってから咲くのだという。今は一月だから咲いていていてもふしぎではない。

クリスマスローズ

あらためてクリスマスローズを見つめる。上品な花が、山の斜面にうつむき加減に咲いている。堅い茎がシャンと立っていて、なんとはなしに気持ちがいい。こんなふうに思うのは、真冬にもかかわらず、暖かいせいなのかもしれない。

花の色は、それぞれの色合いが微妙にちがう。自然交配によって、花の色が変化したのかもしれない。そうだとすれば、緑やベージュ色になるのも納得できる。

どうして、ここにクリスマスローズが咲いたのだろうか。誰かが植えたのか。あるいは、なんらかの方法で種が飛んできたのか。どれだけ考えても分からない。

家に帰って、花ことばを調べてみた。「私の不安を救いたまえ」とある。花からこういう印象を受けたので、思わず「ふ、ふ、ふ」と笑ってしまう。不安を救う方法を考えてみる。自分の短所を気にせず、長所を伸ばす。これがひとつの不安対策ではないだろうか。

ニホンスイセン

スイセンのことを雪中花ともいう。言葉としては前から知っていた。雪中花が具体的なイメージをもったのは、福井県三国温泉の望洋楼にお世話になったときである。大阪から特急サンダーバードに乗り、芦原温泉駅でおりる。この駅からタクシーでおよそ二十分で宿に着く。明治時代に創業した由緒ある旅館である。すぐに個室の露天風呂にはいる。源泉掛け流しの風呂につかり、日本海をながめる。東山魁夷の「潮騒」のような景色が、ここちよい。

食事は越前がにのフルコースである。越前がには、皇室に献上されるので「献上がに」ともよばれる。茹で蟹、焼き蟹、蟹刺しがでてくる。それに、せいこがにの赤い内子は絶品である。なんど訪れても、越前がにのおいしさは変わらない。

次の日の朝、雪が積もっていた。出発のとき、同行の田中美津子社長が若女将から

ニホンスイセン

ニホンスイセンをプレゼントされる。白と黄色の水仙で、いずれも大輪の花である。積もった雪と水仙の花から突然、思いあたった。「ああ。そうだった。スイセンのことを雪中花というのだった」

このとき初めて、スイセンの花と雪中花とが同じものであることを納得した。ことばとことばの意味するものとがピタリとつながった。知らないことばを知った子どものように、喜びを感じた。この喜びが心の中で広がっていく。いくつになっても、学びは喜びなのだ。学びは楽しみなのだ。

芦原温泉駅へと向かうタクシーのなかで、「スイセンは雪中花、雪中花はスイセン」とつぶやいていた。今回の三国温泉への旅行は、このことで忘れられない経験となった。

フユイチゴ

今日で一月が終わる。シベリヤ寒気団がやってきて、昨夜、雪が降った。うっすらと積もっている。今朝もまだ小雪が舞っている。

近所の家の庭先で、雪のなかフユイチゴが真っ赤な実をつけている。冬でも、イチゴがとれるのをはじめてみた。白と赤のコントラストが、とても美しい。

雪という冷たい温度に耐えているイチゴ。抵抗する力をもったイチゴ。しぶとくもちこたえているイチゴ。

イチゴは雪というきびしい環境に耐えている。冬という逆境を通して生き続けている。この姿を目にしたことで、「がんばろう」という気持になった。

そういえば、似たようなことがあった。三年前の十月にイチゴを植えた。もっと具体的にいえば、五株の苗を地植えした。春に収穫を終えて、そのままにしておいたら、

フユイチゴ

四株は枯れてしまった。残りの一株は、そのまま生き残り、次の春にふたたび実をつけた。

たいそう驚いた。冬を越して、ふたたび実をつけたイチゴが、いとおしかった。思わずキスをしたいくらいだった。

園芸品店の人にきいてみた。「宿根イチゴというのがあり、冬に実をつけたりします。でも、夏イチゴはたいていの場合、防寒しないと枯れてしまいます。そういう意味では生命力のあるイチゴでしたね」こういわれた。

そうなのか。免疫力のあるイチゴだったのだ。よく二年にわたって実をつけてくれた。この生命力を見習おう。イチゴでさえ頑張っているのだから、人はもっと頑張れるのではないか。

二月の花

コウバイ

一年でもっとも寒い二月が始まる。家のコウバイが、咲きはじめた。淡いピンク色の花が二輪、同時に花開いた。外側はほんのり白く、内側は濃いピンク色、この風情がいい。周りはまだ固いつぼみのままだ。もうすぐ春がくることを示しているようで、なんとはなしに心がはずむ。

「探梅」という言葉を先輩から教えてもらったことがある。梅が一輪、咲いているのを誰よりも早く見つけることをいう。風流な試みは昔からあったのだ。ハクバイの時は、すでにたくさんの花が開いていて、探梅はできなかった。そこで、コウバイこそはと楽しみにしていた。それに今日めぐりあえて、うれしい。さすがに二輪だけでは、香りは感じられない。もう少し待たなければならない。楽しみに待つことにしよう。

コウバイ

藤原俊成の『風雅集』にコウバイをよんだ歌があった。

くれなゐの梅が枝に鳴く鶯は声の色さへことにぞありける

歌では鶯が鳴いているが、住んでいる宝塚市では、まだ鳴いていない。いつも裏山からおりてくるが、今年はまだのようだ。そう遠くないうちに、つぶらな瞳、かわいいくちばし、白いお腹の鶯をまもなく見ることができるだろう。

残念なことがひとつある。コウバイの苗を買ったとき、花の名前をメモするのを忘れていた。インターネットで調べても調べても、花の名前が分からない。大失敗。へこんだ。

ヒイラギ

二月三日、節分。ヒイラギを準備しているときに、子どもがたずねる。

「節分とはどういうこと」

「節分という漢字をみると分かるように、季節を分けるからきている。ここまでは冬、ここからは春というように、季節の変わり目を表わしている」

「ああ、そうか。ということは、春・夏・秋・冬と、どの季節にも節分があるというわけなの」

「そうだよ」

「へー、知らなかった」目を丸くしている。

「もう少し説明をつづけるね。節分は、季節の変わり目ごとにある。季節の分かれ

ヒイラギ

目は、立春、立夏、立秋、立冬という。その前日が、節分とよばれる」

「そうなのか。節分は一年に四回あるのか」

「四つの季節のことを四文字言葉で、なんという」

「春夏秋冬」

「そう。春夏秋冬というように、一年の始まりは春なんだ」

「えーっ。そうなの。そういえば、年賀状に新春とあった」

「そして、春の始まりが、立春。その前日が節分だよ。それでは豆まきをしようか」

「鬼は外、福は内。これで悪い気をはらうのだね」


連れ合いは、イワシを焼き、巻き寿司を作っている。わが家の巻き寿司は、酢飯がほんの少しだけ甘味が少ない。これもそれぞれの家の伝統なのだ。

ハクバイ

二月四日。立春。どこからか、ふくよかな香りが漂ってきた。探してみると、春告草という名をもつ梅の花が咲いている。興味がわき、近所でコウバイとハクバイが咲いている家を数えてみた。コウバイだけが四、ハクバイだけが三、両方が二の割合だった。コウバイを植えている家の方が多い。やはり赤という色目が好まれるのだろうか。

今、目の前にあるのは、ハクバイの木である。寒さがきびしいなかで開いた花がうるわしい。一つひとつの花に目がくぎづけになり、この場所を立ち去ることができない。

梅から思い浮かべるのは、清楚な美しさであり、菅原道真の故事である。右大臣として活躍していたが、左大臣の藤原時平の政略によって、身に覚えのない罪で大宰府に左遷される。その道真が、自邸を去るときに詠んだ歌が、三代勅撰和歌集のひとつ『拾遺和歌集』（岩波文庫）にある。

ハクバイ

東風吹かば匂ひおこせよ梅の花主なしとて春な忘れそ

中学生のとき、福岡県太宰府市にある太宰府天満宮をおとずれたことがある。この天満宮で、「飛梅」が今でも大事に守られているのに、感動を覚えた。このとき、学問の神さまにお参りすれば、かしこくなれる。受験の合格祈願にご利益がある、といわれたことを今でも覚えている。

梅の香りに誘われて、菅原道真、太宰府天満宮、飛梅などを思い返した。時間と空間を越えて、意識が遊ぶのがおもしろい。

モウソウチク

寒波がきて、かなりの雪が降った。家の庭にも、隣りの敷地にある竹林にも雪が積もった。雪の重みで三本のモウソウチクがしなり、わが家の屋根に触れている。こんな大雪は、これまで見たことがない。

白いマントでおおわれたような雪を見て、「柳に雪折れなし」ということばが頭に浮かんだ。しなやかな柳の枝は、雪が降り積もっても、その重みに耐えて、折れることがない。それに対して、堅い木はどうだろうか。雪の重みで枝が折れることもある。そこから、柔軟なものの方が、剛直なものよりも、かえって耐える力が強いことをいう。

竹も柳と同じように、しなって折れない。この様子をみて、子どもたちのことを考えた。一方には、困難にぶつかって、折れてしまう子がいる。その反対に、どんな困難にも折れない子がいる。困難に折れる子と折れない子、二つのタイプの子どものど

モウソウチク

こが違うのだろうか。体力だろうか。考える力だろうか。それとも、心の持ちようだろうか。

竹や柳のように折れない、やわらかな心をもつには、どうしたらいいのだろうか。実際に、やわらかな心をもつ子を観察してみると、うれしいときも、悲しいときも、気持ちをことばに出す子が多い。辛いときは、なおさらである。

ことばに出すことで、自分自身が今、置かれている状態をつかむ。次に、できることから手を着けることで、これは大きな問題ではない。これならできると向き合う。もっといえば、自分の状態をできるだけ正確につかむ。そうすることで、対応の仕方を見出し、困難から果敢に立ち上がる。これをくり返すことで、耐える力を身につけていく。子どもたちはいう。裸の人間からよろいをつけた人間になった、と。

ミカン

ミカンの木の枝に積もった雪が、解けずに残っている。これをみて「友待つ雪」ということばを思い起こした。『家持集』にある大伴家持の歌からきている。

白雪の色わきがたき梅が枝に友待つ雪ぞ消え残りたる

雪の白さが花と見分けがたい梅の枝には、友を待ちわびるかのように雪が消え残っている、という意味である。後から降る雪を待って、まだ消えのこっている雪のことを「友待つ雪」という。子どもたちにとって、このような友がいれば、とても心強いことだろう。ともに喜び、悲しみは分かち合うような友がいれば。

もうひとつ、別の友待つ雪の歌がある。堀河院百首の「残雪」にある。

ミカン

春の日のうららに照らす垣根には友待つ雪ぞ消えがてにする

こちらは、春の残雪を詠んだものである。垣根に降り積もった雪が消え残っているのは、友を待っているからだ、という意味だろう。

二人の国語の教員が、どちらの歌が好みか意見を交わしていた。どちらの歌にも支持する人がいて、優劣つけがたいという結論になった。梅の花が咲く季節の残雪と、春の残雪。どちらの歌も目の前にあざやかなイメージが浮かんでくる。先に降った雪が雪の友を待っているという清らかで、ほのぼのとした印象がわきあがる。

サザンカ

庭にサザンカの木がある。背を高く伸ばすのではなく、枝を横へ横へとはわせてある。そのため、ちょうど目線の高さでサザンカの花を見ることができる。濃い緑の葉を覆《おお》いかくすほど、華やかな牡丹色の花が咲いている。スポットライトをあびた、巨大な花束のようにも見える。一方、日の当たらない所、花の闇からは、しっとりとした風情がただよう。

一羽のメジロが飛んできた。目の周りが白いので、すぐに分かる。昔の人は、うまい名前のつけ方をしたものだ。

メジロは花の蜜を吸うのに余念がない。近くに人がいるにもかかわらず、まったく気にしていない。一メートルもないところに、人がいるのに。

花から花へと飛び移りながら、くちばしを花のなかに突っこんでいる。あやまつこ

サザンカ

となくくちばしを入れるのは、花の位置がよく見えているからだろう。蜜を吸っては横の花へせわしなく移動する。突然、上の花へ移ることもある。この動きがなんともユーモラスだ。

メジロがあわてたせいだろうか。花びらが一枚、落ちてきた。ほとんど回転することなく落ちてきた。花びらはそのままの形で土の上にあり、まるでサンゴのように見える。

メジロの動きはせわしないのに、時の流れはゆったりしている。これはどういうことなのか。時計によって計られる時間と、心のなかで流れる時間とは別のようだ。サザンカとメジロを見つめているだけで、余計なことはなにも考えない。すると、耳に聞こえていた音が消えていく。自然の中に体がふんわりと包まれていく。心のためらいも消えていく。これが、新しい流れに身をまかせている状態なのだろう。サザンカがここにあることが、私たちにあたえられた素敵な贈り物のようだ。

サンシュユ

庭の山椒の木　鳴る鈴かけてヨーホイ　鈴の鳴る時ゃ　出ておじゃれヨー
鈴の鳴る時ゃ　何と言うて出ましょヨーホイ　駒に水くりょと　言うて出ましょヨー
おまや平家の公達流れヨーホイ　おまや追討の那須の末ヨー
那須の大八　鶴富捨ててヨーホイ　椎葉たつ時ゃ　目に涙ヨー

宮崎県の民謡「ひえつき節」の一節である。私たちが子どものころ、母がこの歌を歌ってくれた。この民謡にかかわって、山深い椎葉の里の労働歌であること、平家の鶴富姫と平家追討の源氏の将である那須大八郎宗久との悲恋の物語であることを教えてくれた。この歌から、人を恋うることの大切さを学んだ。

もうひとつ話をしてくれたのだが、そのときはよく分からなかった。民謡の出だし

サンシュユの実

にかかわることである。民謡では「庭の山椒の木」と歌い出される。「山椒は小粒でぴりりと辛い」というあの山椒である。山椒の実は小さくても、とても辛い。そこから、体は小さくても、気性や才能がすぐれていて、侮れないことをあらわす。

山椒の実の収穫を手伝ったこともあり、このたとえの山椒だと信じて、疑わなかった。でも今年、植木をあつかう店で、「サンシュユ」の木を見たとき、ひらめいた。母がいいたかったのは、この木のことだったのだ。母が現世を旅立ってから、ちょうど二十年になる。その母から、いまだに学びつづけることになろうとは。

母は、宮崎県日向市の生まれである。椎葉の里に行ったこともあり、歌の背景もくわしかった。花が好きで、山茱萸《さんしゅゆ》のことも知っていたのだった。

エリカ

季節の変化にするどく気づく子どもと、ほとんど気づかない子どもとがいる。たとえば、柿の木に花が咲いた。実がついた。黄色く色づいてきた。このように、木や花を見る余裕があり、変化に気づく子どもであってほしい。

勉強ができる子どもの多くは、季節の変化に気づいている。たとえば、算数の応用問題で、文章のいいまわし、あるいは狙いを確実にキャッチできるのは、季節の変化に敏感な子どもが多い。共通していえるのは、どちらも違いが分かることである。

「親子で散歩して、花の名前を言いあうことから始めました」こういう話を、ある保護者から聞いたことがある。団地に住んでいて、プランターで花を育てている。でも、ベランダが狭いので、ひとつの季節に、花は二種類か三種類しか育てられない。これが花好きの保護者にとって不満だった。広い家に変わることもできず、イライラが高

エリカ

じていた。

そんなとき、一緒に散歩をしていた小学生の子どもからたずねられた。

「お母さん、木に咲いているあの花はなーに」

「あの赤い花はエリカよ。横に、白いエリカと黄色のエリカもあるでしょう」

「あの三つの花は、どれもエリカなのね。それでは、あのオレンジ色の花はなーに」

「あれはキンセンカよ」

このとき、母親は二つのことに気づいたそうである。ひとつは、自分の家のベランダに、多くの花を咲かせる必要はない。近所で見せてもらえばいい。もうひとつは、子どもと一緒に散歩して、花の名前を自然におぼえてもらおう。ここから、子どもの教育をはじめることにしよう。

オリーブ

寒い二月も今日で終わり。兵庫県道・川西篠山線の歩道と車道の間に、街路樹が植えてある。桜並木が多いが、その下生えには、ツツジが植えられている。そして、ツツジとツツジの間には、黄水仙が今は盛りと咲き誇っている。冬から春へと、花が順番に咲くように工夫されている。

そこへ新たに、オリーブの若木が植えられた。よく見ると、葉の形が微妙に異なっている。このような植え方は、前にどこかで見たことがある。そうだ。ギリシアのアテネで、オリーブの並木を見たのだった。このときも、葉の形が微妙に違っていた。ギリシアでは、たずねる人がいなかったので、謎のままで残されていた。今回も、同じようなケースにぶつかった。このままにしておいてはいけない。誰かにたずねなければと、強く思った。

オリーブ

そこで、あいあいパークの専門家にたずねてみた。そうしたら、分かったことがある。開花期に異なる品種のオリーブと交配すると、実がつく確率が高まる。これは、ギリシアでも日本でも、同じことが行われているそうである。

オリーブの原産は中近東だが、今では世界各地で栽培されている。この専門店では、百歳のオリーブと百五十歳のオリーブの木を売っている。オリーブは「太陽の樹」と呼ばれる。生命力が強く、樹齢が長いのが特徴である。聞くところによると、樹齢五百年を超える古木が、今でも実をつけているそうだ。このような事実から、オリーブは、長寿・健康のシンボルとして大切にされている。

春に白く小さな花をつける。この花からオリーブの実ができる。花から収穫まで、長い間、楽しめる木である。

花から学ぶ生きる力——あとがきにかえて

勉強ぎらいの生徒をどうしたら机に向かわせることができるか。ある程度、勉強ができる生徒の成績をさらに伸ばすには、どうしたらいいか。このことの答を見いだそうとして、季節の花をめぐる思い出をしたためはじめた。

花をめぐるエッセイをつづるなかで、教え子の言葉と表情をありありと思いだした。保護者の話から、貴重な意見をいただいた記憶もよみがえった。勤め先の地域の人びとからいただいた有形無形の協力も、脳裏に現われた。

花が語りかけてくれたこと、人が教えてくれたこと、いずれもありがたい経験だった。人と自然、人と社会との結びつきがあらためて見えてきて、感謝することが多かった。とりわけ、忘れていたことを思いだしたのは、なにものにも代えがたい財産となった。

花好きの人は、自然と集まる。この集まりのなかでの話し合いから、学ぶことが多い。単なる世間話のようにみえて、深い真理が語られることもある。

たとえば、ヤマモモソウは一日でしおれ、山桜は二－三日で散ってしまう。見ようと思う時に見に行かないと、見れないことがある。花を相手に「そのうちに」などといっていたら、永遠に出会う機会がないかもしれない。これは、機会を逃すなという教えでもある。

あるとき、花好きの人たちに「なぜ、花を見るのか」と、たずねたことがある。これに対する答は、実にさまざまであった。どんなに気が滅入っていても、美しい花と出会えば、完全な不幸はありえないと思える。すてきな花と巡りあえたことで、そのあとの一時間、一日、あるいは一週間を愉快な気持ちで過ごすことができる。かわいい花を見たことで、自分のいたらない点に気づく。愛しい花によって、心や体が癒される。こういう答が返ってきて、生活の知恵を学ばせていただいた。

古代から現代まで、花にまつわる話はとても多い。そのうちのひとつでも知ることで、私たちの人生が豊かになる。また、通りすがりの道で知っている花に出会ったら、それだけで風景が違って見える。

若いころは、富士山よりもニューヨークのスカイラインの方が好きだった。機会を得て、富士山に登り、ニューヨークにも出かけた。このような体験を積み重ねるなかで、日本の風物にこれまでより目をむけるようになり、これらを説明するぴったりの表現を短歌のなかに見出すことがあった。たとえば、「紅き逆睫毛の曼珠沙華」（塚本邦雄）という表現に感心した。そこで『万葉集』から現代短歌まで、そろそろと手を伸ばすようになった。

ただし、短歌を詠むのではなく、人の歌を楽しむ。覚えようとするのではなく、サラサラと読む。でも、花が咲いたり、目の前を蝶が飛んだりすると、これまでに読んだ短歌を思い出すことがある。短歌だけでなく、思い出は、日常生活のなかの具体的なものとつながることで、くっきりとした存在感となって現われる。こんなとき、人の記憶のふしぎさを思う。

中国、イタリア、アメリカなどを歩いてみて、こだわりがとれ、柔らかな心になった気がする。時代を超えて、地域を越えて、美しいものは美しいと思うようになった。美しいものを見た感動から、生きるうえで大切なヒントに気づく。この気づきのなかから、勉強ぎらいの生徒への打つ手もみえてきた。

このような生きる力をご指導いただいたのが、菜園ライターの高堂敏治さま、文章のもつ力を教えていただいたのが、山下隆司さまである。花の同定にご協力いただいたのは、川畑美稔子さまと西谷英昭さまである。花の写真の一部をご提供いただいたのは、四季の山野草、肥後つばき協会の吉岡理郎さま、西鷹男さまである。心からお礼を申しあげる。

著者略歴

川口 正義（かわぐち まさよし）
大阪経済大学大学院博士課程修了。
宮崎県日向市生まれ。

花から学ぶ生きるヒント
二〇一九年六月十五日発行
著　者　川口正義
発行者　松村信人
発行所　澪　標《みおつくし》
大阪市中央区内平野町二-三-十一-二〇二
TEL　〇六-六九四四-〇八六九
FAX　〇六-六九四四-〇六〇〇
振替　〇〇九七〇-三-七二五〇六
印刷製本　亜細亜印刷株式会社
DTP　山響堂 pro.

定価はカバーに表示しています
落丁・乱丁はお取り替えいたします